제국주의 일본과 야만의 역사

일본 관동군 731부대를 고발한다

제국주의 일본과 야만의 역사
일본 관동군 731부대를 고발한다

지은이 · 김창권
펴낸이 · 이충석
꾸민이 · 성상건

펴낸날 · 2014년 5월 15일
펴낸곳 · 도서출판 나눔사
주소 · (우) 122-080 서울특별시 은평구 은평터널로7가길
　　　20. 303(신사동 삼익빌라)
전화 · 02)359-3429　팩스 02)355-3429
등록번호 · 2-489호(1988년 2월 16일)
이메일 · nanumsa@hanmail.net

ⓒ 김창권, 2014

ISBN 978-89-7027-151-4

값 15,000원
잘못된 책은 바꾸어 드립니다.

제국주의 일본과 야만의 역사

일본 관동군 731부대를 고발한다

김창권 지음(일본관동군731부대조선인희생자진상규명위원회 회장)

나눔사

■ 차 례

03. 인간의 말살(1941~1945)

역사를 각인하여 기록하지 않는 민족은 그 역사의 오류를 반복할 수밖에 없다. 역사는 과거의 기억이며 오늘에 남긴 자국을 보여주면서 끊임없는 반성과 성찰을 요구한다. 그렇기 때문에 역사는 과거에 한정된 사건들이 아니며 오늘과의 대화이며 다가올 혹은 다가오는 미래를 설계하는 지혜와 철학을 제공해준다.

이 책은 일본 제국주의의 폭력성을 가장 충격적으로 보여주는 엄연한 역사적 사실로 일본 관동군 731 세균전 부대에 대한 기록을 담고 있다. 우리가 흔히 '마루타'라고 부르는 생체실험은 인간의 존엄성에 대한 중대한 모독이다. '마루타'라는 어휘의 뜻이 '통나무'를 의미한다는 것은 그들의 만행이 단순한 제국주의 통치와 침략의 정치적 과정이 아니라 인간성을 조직적으로 훼손한 범죄 행위임을 뜻한다. 그렇기 때문에 이는 일본 제국주의를 경험한 한국과 중국 등 아시아 주변국들만의 문제가 아니라 인류사가 각인해야 할 학살(홀로코스트)의 참상이다

유럽 사회에서 2차 세계대전 당시 나치 독일에 의해 자행된 유태인 집단 수

용과 생체실험에 대한 기록은 모두가 기억하고 있다. 이 기억은 단순히 피해자만의 아픔으로 머물러 망각되지 않고 현(現) 시대를 살아가는 역사의 모든 구성원들에게 성찰의 과제이자 철학의 근거로 살아 있다.

그러나 세계의 다른 한편에서 현재를 살고 있는 다른 역사 당사자들은 이 사실을 부정하고 의도적인 망각을 시도하고 있다. 그것은 단순히 2차 세계대전의 가해자인 일본에 한정된 몰역사적 상황이 아니라, 역사의 피해자인 우리의 영토 내에서 일어나지 않았다고 해서 우리는 우리와 무관한 장소와 지나간 시간의 사건으로 그 망각의 행위에 동참하고 있는 것은 아닐까?

유대인 학살이 세계인의 비극으로 기억되고 인권과 평화 그리고 민주주의의 철학적 모태로 남아 있는 것에 비해 동일한 시간에 자행된 만행에 대해서 우리는 너무 관대하게 받아들이고 있는 것이 아닐까 하는 우려를 지울 수 없다. 이것이 과거를 의도적으로 부정하고 왜곡하고자 하는 가해자들에게 역사적 알리바이를 제공하고 또한 그들에게 동참하는 또 다른 범죄 행위일지도 모른다.

따라서 우리는 지나간 시간과 떨어진 공간의 한정된 범위를 넘어 현(現) 시대의 의무로, 미래의 과제로 기억을 복원해야 할 것이다. 이를 위해 지금부터 역사의 기억들을 하나하나 다시 열어보고자 한다.

일본 관동군 731부대(마루타) 조선인 희생자 진상규명위원회

회장 김 창 권

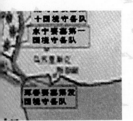

1930~1936

침략의 총성

1931년 9월 18일, 일본의 관동군은 봉천 교외에서 만주철도를 폭발시키고 그것을 중국의 소행이라고 억지를 부렸다. 그리고 이를 근거로 중국군을 공격함으로써 만주사변을 일으켰다. 그리하여 1932년 마침내 만주를 점령한 일본은 청조의 마지막 황제 선통제를 황제로 내세워 친일정권인 만주국을 세웠다.

이에 국제연맹은 일본군에게 철수를 요구했으나 일본은 아예 국제연맹을 탈퇴해버렸으며 중국 대륙에 대한 침략을 한층 노골화했다. 중국뿐만 아니라 소련까지 넘봤던 일본제국주의자들은 중국 동북 지역을 침략 전쟁의 군사기지로 확대할 계획을 실시하고 있었다.

그리고 서서히 제국주의의 더러운 이빨을 드러내게 되는데........

침략의 요새, 그 현장을 가다

1934년부터 1945년까지 중국을 침략한 일본군은 중국 동북을 영원히 점령하고 더욱 나아가 소련을 공격하기 위한 기회를 엿보았다. 10여 년에 걸쳐 비밀리에 중국, 소련, 몽고의 경계를 따라서 동쪽 지역에서는 길림에서 훈춘까지, 서쪽에는 하이라얼과 아얼산까지 모두 17개의 군사 요새를 축조하였다.

요새는 약 1,700km에 이르고 약 8만 개의 예비공사와 무려 천 개에 이르는 영구적인 지하창고와 발전소, 통신구축부, 급수시설 등 부속 군사시설이 있었다. 아울러 이 거대한 군사지역 내에서는 대규모의 국경수비대가 주재하였다.

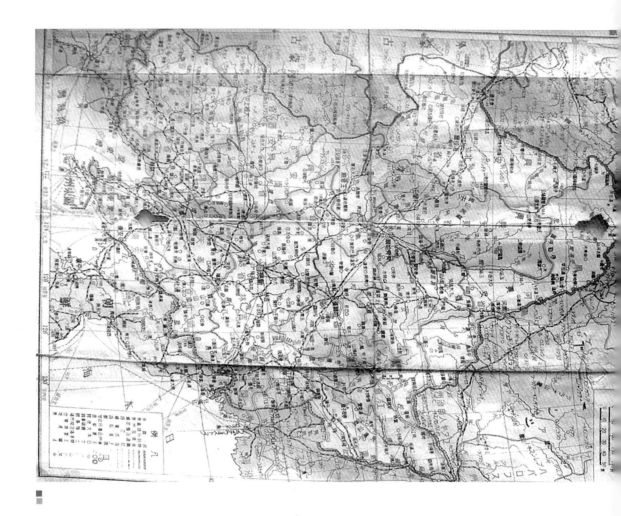

■ 위만주 전국도(하얼빈시 사회과학원 소장)

■ 일본군이 축조한 요새 지역 분포도(하얼빈시 사회과학원 소장)

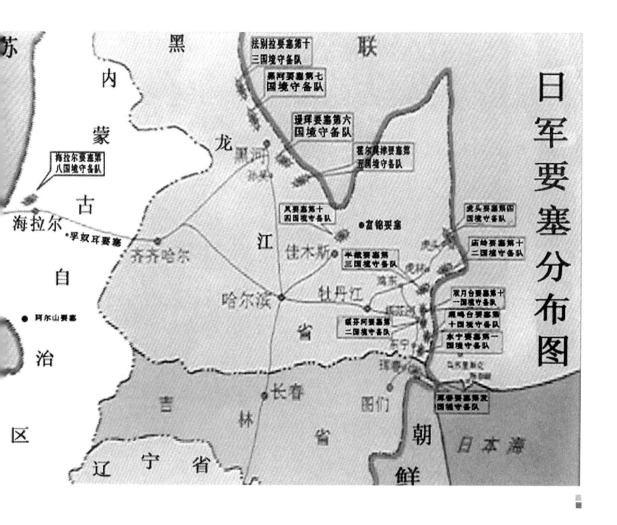

■ 동녕 요새 지하 탄약 운소도로(하얼빈시 사회과학원 소장)

■ 동녕 요새 지하공사 입구(하얼빈시 사회과학원 소장)

■ 동녕 요새 천장 관찰(하얼빈시 사회과학원 소장)

`00 5 2`

■ 하이라이얼 요새 기관총 받침대(하얼빈시 사회과학원 소장)

■ 하이라이얼 요새 지하 벙커(하얼빈시 사회과학원 소장)

오랜 시간이 지났지만 일본이 침략의 발판으로 삼았던 요새는 그대로 남아 있다. 요새들을 하나씩 자세히 살펴보면, 이것이 그저 전쟁을 위한 것만이 아니라 자신들이 영원히 지배할 땅에 세워놓은 군사시설이라는 것임을 알 수 있다. 당시 일본의 육군의 숫자만 200만 명이 넘는 것으로 알려져 있다.

흑하 요새 지하 창고(하얼빈시 사회과학원 소장)

흑하 요새 지하 창고 벽면(하얼빈시 사회과학원 소장)

흑하 요새 포진지 지하도(하얼빈시 사회과학원 소장)

■ 호두 요새 천장 관찰(하얼빈시 사회과학원 소장)

■ 유하분 요새 지하 공사장 통로(하얼빈시 사회과학원 소장)

■ 유분하 요새 지하 공사장 통로(하얼빈시 사회과학원 소장)

■ 유분하 요새 토치카(하얼빈시 사회과학원 소장)

■ 강제 동원된 개척단 이주민(하얼빈시 사회과학원 소장)

■ 노동을 하고 있는 개척단 이주민(하얼빈시 사회과학원 소장)

일본은 자신들이 세운 괴뢰 정부인 만주국 내의 황무지 개간과 중국 내의 반일 세력을 감시할 목적으로 〈이주민 개척단〉을 만들어 많은 사람들을 강제로 이주시켰다. 훗날 조선총독부는 〈만족조선개척주식회사(滿鮮拓植會社)〉를 설립하여 수많은 조선인을 강제로 이주시켰으며, 그 후손들이 지금도 만주에 살거나 조선족이라는 이름으로 살아가고 있다.

日军驱使中国劳工在修筑工事（二）

■ 요새 축조공사에 징용당한 중국 노동자들(하얼빈시 사회과학원 소장)
■ 요새 축조공사에 징용당한 중국 노동자들과 그들을 감시하는 일본군
　(하얼빈시 사회과학원 소장)

노동자를 모집한다는 광고를 이용하여 강제노동을 실시하였다.

■ 사기 노동자 모집 광고(하얼빈시 사회과학원 소장)

중국을 침략한 일본군의 요새는 일본의 침략 확대에 대한 증거일 뿐만 아니라 야만스런 강제 노역과 잔혹한 약탈, 광기어린 학살의 그림자까지 엿보게 한다. 이는 곧 식민지를 실현하기 위한 야심찬 기도이며 그 죄의 증거이다.

요새를 축조하기 위해 일본군은 강제로 중국 노동자 300여만 명을 징용하여 노역하고, 100만 명의 노동자를 죽음에 이르게 했다. 동시에 강제로 징용한 중국, 조선의 부녀자를 위안부로 충당하였다.

▮▮ 일본군에 의해 박해당한 노동자의 유해(하얼빈시 사회과학원 소장)

▮▮ 동녕 요새의 노동자 무덤(하얼빈시 사회과학원 소장)

▮▮ 다리가 잘린 노동자 유골(하얼빈시 사회과학원 소장)

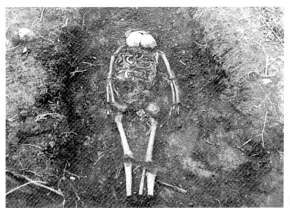

■ 노동자 유골(하얼빈시 사회과학원 소장)

본격적인 침략전쟁, 그리고.....

1932년 2월 5일, 마침내 일본군은 하얼빈을 함락시켰다. 만주사변을 일으킨 지 불과 6개월도 지나지 않았으니 일본 제국주의자들이 얼마나 빠르게 침략을 서두르고 있었는지 알 수 있다.

■ 1932년 2월 5일 하얼빈 함락, 일본군 침공(인민미술출판사 발췌 : 「하얼빈예사진」)

　　이어서 하얼빈을 비롯한 여러 곳에 일본 제국주의의 전초기지들이 하나둘
씩 만들어지기 시작했다.

▌▊ 일본 주 하얼빈 총영사관(하얼빈시 사회과학원 소장)

▌▊ 하얼빈 일본 특수기관 – 관동군사정보부(인민미술출판사 발췌 : 「하얼빈예사진」)

▌▊ 하얼빈 일본 헌병부 본부(인민미술출판사 발췌 : 「하얼빈예사진」)

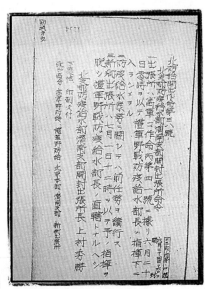

■ 손오 군인회관(고급차관) 옛터(하얼빈시 사회과학원 소장)

■ 1855부대 지대를 설립한 문건(하얼빈시 사회과학원 소장)

비밀의 방역급수부

일본이 하얼빈을 점령했던 해에 일본군 참모본부에 비밀스러운 부대가 만들어진다. 그것은 바로 세균부대였다. 이후 여러 지역에 세균부대가 창설되었고, 이는 곧 731부대의 모체가 되었다.

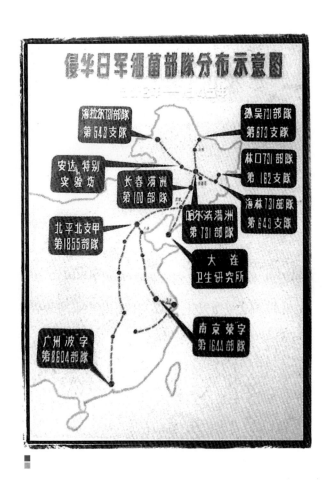

■ 중국 침략 일본군 세균부대 분포도(하얼빈시 사회과학원 소장)

■ 동부지역에서 벼룩 숙주 상황을 조사한 후 작성된 설치류 분포도−일본군 세균부대
  (하얼빈시 사회과학원 소장)

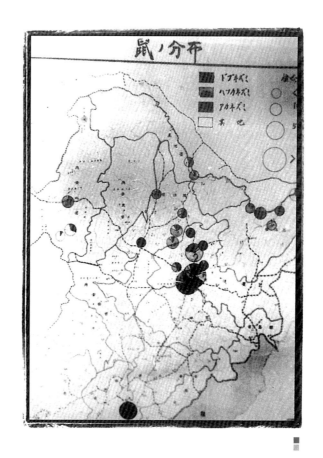

■ 베이징의 제 1855부대 옛터(중국군사의학과학원 곽성주 제공

▌ 베이징의 제 1855부대 옛터(중국군사의학과학원 곽성주 제공)

731부대는 최초에 하얼빈시의 선화가(宣化街) 일대에 설립되었고 세균실험 공장은 흑룡강성 오상현의 배음하진(背蔭河鎭) 지역에 설립되었는데 1936년 이후 하얼빈시 남쪽으로 20km 떨어진 평방진(平防鎭) 지역(地域)에 옮겨졌다.

731부대의 옛터는 중국 정부에 의해 박물관으로 남아 있으며 〈죄증 진열관〉 이란 이름으로 현재도 그대로 유지되고 있다.

■ 베이징 제 1855부대 제남지대 본부 옛터(중국군사의학과학원 곽성주 제공)

일본 육군참모본부는 731부대를 건립하는 동시에 신경(장춘)에 100부대를 건립하였다. 그들은 노구교사변(盧溝橋事變) 후 중국(中國)의 화북(華北), 화중(華中), 화남(華南) 등의 지역에 세균전 부대를 걸립하였다. 그 가운데 중요한 부대는 베이징의 제 1855부대, 난징(南京)의 1644부대와 중국 광조우의 제8046부대이다. 그 외 싱가폴에도 한 개의 세균전부대를 건립하였다. 이러한 부대는 모두 방역급수부(防疫給水部)의 이름을 걸고 실질적으로는 세균전부대로 활용되었다.

　　이러한 부대는 모두 세균전음모활동(細菌戰陰謀活動)에 종사(從事)하였다. 난징(南京)의 1644부대만 보더라도 여러 차례 731부대와 함께 영파(寧波), 금화(金華), 상덕(常德), 노동(魯東) 등의 지역(地域)에서 세균전을 실행하였다.

■ 난징의 제 1644부대 옛터(중국군사의학과학원 곽성주 제공)

■ 난징의 제 1644부대 세균연구 건물 옛터(중국군사의학과학원 곽성주 제공)

■ 광조우의 제 8604부대 옛터(하얼빈 사회과학원 소장)

■ 광조우의 제 8604부대 옛터(하얼빈 사회과학원 소장)

세균전 비밀연구소 설립

　무엇보다 중요했던 것은 하얼빈에 세균전 비밀연구소가 설립(1936)된 것이었다. 이는 일본 제국주의자들이 2차 세계대전 중에 세균전의 치명적인 효과에 매료되었음을 의미하는 것이었으며, 동시에 본격적인 인체 실험을 시작했음을 뜻하는 것이었다.

　그 모든 일의 핵심에 이시이 시로(石井四郎)가 있었다.

■ 731부대장 이시이 시로 군의중장(하얼빈 사회과학원 소장)

■ 1935년 육군 과학연구소를 시찰하는 천황 일행(하얼빈 사회과학원 소장)

■ 1974년 3월 29일 제 11차 일본군의학회 총회 단체사진 – 제일 앞 줄 왼쪽 다섯 번째가 이시이 시로, 오른쪽 네 번째가 北野政治(하얼빈 사회과학원 소장)

이시이 시로(石井四郎)는 생물학박사로 유럽의 생물학연구소에서 연구했다. 그는 뇌막염 발발이 동시다발적이지 않을 때 사용되는 효과적인 수막(Water Filter)을 개발함으로써 유명해졌다. 일본이 1931년 중일전쟁의 전리품으로 만주를 얻었을 때, 이시이는 군의과대학 박테리아학 연구소장 자리에 올라 확고한 지위를 확보했다.

하지만 야망으로 똘똘 뭉쳤던 그는 과학자로 만족하지 않고 일본 제국주의의 침략 전쟁을 한층 부추기며 아무도 상상하지 못한 계획을 실행하기 위해 남강구 선화가와 문묘가 일대에 〈石井부대〉 라고 이름 지은 세균부대 본부를 설치하였다.

2차 세계대전의 종선 식후 뉘른베르크에서 독일 전범들에 대한 재판이 벌어지고 있는 동안 '아시아에서 벌어진 사건'은 철저하게 무시되었다. 대부분의 일본 전범들이 불기소 처분되었던 것이다. 독일의 일급비밀들을 가로채기 위해 '페이퍼 클립 작전'을 펼쳤듯이 미국은 점점 확대되는 냉전에 대비하여 일본의 비밀들, 즉 731부대의 기밀 자료를 몰래 빼돌렸다는 의혹을 갖고 있다.

　이때 미국의 대통령직을 수행한 인물은 프랭클린 루즈벨트(Franklin Delano Roosevelt)였다. 그는 1942년 일본이 창데에 투하한 세균폭탄에 대해 강도 높게 비난했다. 그러나 루즈벨트는 몇 주 후 미국의 생물학전연구소 건립을 정식으로 인정했다. 이후 미국 정부는 일본의 세균폭탄에 대해 더 이상 비난하지 않았으며 수십 명의 독일 전범이 사형당하거나 투옥되는 가운데 1960년 이후 일본인 과학자 가운데 투옥되거나 사형이 집행된 사람은 단 한 명도 없었다.

　그리고 지금까지도 미국의 전범 수사 기록은 전혀 출간되지 않고 있다.

1937~1941

야수들의 만행

　끊임없이 대륙에 대한 침략을 서두르던 일본 제국주의자들은 마침내 중국의 수도인 난징을 점령(1938)했다. 한 나라의 수도를 점령했다는 사실은 매우 커다란 사건임에 분명하다. 그러나 일본이 난징을 점령하는 과정은 수월치 않았다. 당시 중국을 비롯해 버마 지역까지 전선이 확대되어 있었던 터라 오랫동안 소모전을 지속했다. 더구나 수도를 함락당하지 않으려는 중국군의 끈질긴 저항에 부딪쳐 상당히 많은 사상자를 내고 말았다. 이는 전쟁에 광분한 그들에게 피의 보복을 부르게 되었는데...........

파괴와 분노의 함락

난징을 점령한 일본군의 중지파견군(中支派遣軍)의 사령관은 마쓰이 이와네(松井石根)였다. 그가 지휘하던 부대를 비롯한 일본 침략군은 진격하는 과정에서 약 30만 명을 도륙했으며, 난징의 점령이 끝난 후에도 4만 명을 더 죽였다. 이는 일본의 전쟁이 단순히 중국을 식민지로 삼는 데 그치지 않고 중국 민족을 말살하려는 '인종말살주의'였음을 말하는 것이었다.

일본 제국주의 침략군은 총과 칼로 살인하는 것은 물론 생매장을 서슴지 않았으며 산 사람을 불에 태우고 강물에 수장시키기까지 했다. 죽음을 당한 희생자들도 인간 이하의 잔인한 방법으로 살해를 당했지만, 이들을 죽음으로 몰아간 일본군은 인간이길 거부한 이들이었다.

1938년의 난징을 함락한 검은 그림자는 야수 바로 그것이었다.

■ 12월 17일, 난징 점령 후 입성 의식 - 화중 방면 중산문에서 시내로 진입하고 있는 일본군의
　사령관(중국 침략 일본군의 남경대학살 재난 동포기념관 편찬 「남경대학살 사진집」)
■ 방독면을 한 채 상해에 진입하는 일본군(하얼빈 사화과학원 소장)

■ 상해를 공격한 방독면 부대 – 해군(하얼빈 사화과학원 소장)

■ 일본군이 점령한 상해 남경로
   (중구 침략 일본군의 남경대학살 재난 동포기념관 편찬 「남경대학살 사진집」)

■ 중화서문을 점령한 일본군(강변고적출판사 : 「중국침략 일본 남경대학살 사진집」)

■ 일본군에 의해 살해된 남경 시민의 시체(신화출판사 : 「일본군 중국침략 사진 자료집」)

중일 전쟁 개전 이래 일본은 북경과 텐진, 상하이를 거침없이 굴복시킨 후 난징(남경)으로 수도를 옮긴 국민당 정부를 쫓아 돌진했다. 그러나 중국군의 강력한 난징 사수 의지를 누르기 위해 자체적으로 많은 희생을 감수해야만 했다. 결국 난징으로 진격한 이들은 자신들이 입은 피해를 보상하고자 엄청난 만행을 저지르고 만다.

난징(남경) 대학살

　일본 침략군은 완전히 중국인의 인권을 멸시하고 제멋대로 중국인의 생명과 재산, 생존 등 기본 권리를 짓밟았다. 그 결과 약 40여 일간 계획적이고, 조직적으로 비무장 중국 군인과 민간인 30만 명 이상을 학살하였다. 아울러 일본군은 미친 듯이 강간하고 약탈하고, 방화와 파괴를 일삼았다.

　이런 범죄는 중국 군민에게 어떠한 재난과도 비할 바가 없었으며, 인류 역사상 지극히 보기 드문 야만적인 행위로 중국민의 가슴 깊이 새겨진 고난의 역사이다.

　그러나 최근 일본 사회는 아직도 세계 평화와 발전에 비협조적인 목소리를 내고 있으며, 우익 세력은 부단히 일본군의 남경대학살 범죄를 부인하고 있다. 게다가 역사 교과서를 고치고 신사참배를 하는 등 중국 국민을 비롯해 아시아 기타 국가 국민의 감정을 해치고 있다.

■ 일본군에게 살해되어 양쯔강에 떠내려 온 난징 군민의 시체(일본 「촌뢰수보 사진집」)

■ 일본군에 의해 집단 살해된 무장 해제 중국군과 남경 시민의 시체
   (강반고적출판사 : 「중국 침략 일본 남경대학살 사진집」)

■ 일본군에 의해 피살된 중국인 시체가 있는 남경 시내
   (중국 침략 일본군의 남경대학살 재난 동포 기념관 편찬 「남경대학살 사진집」)

■ 난징 시민이 일본군에 의해 참수되는 처참한 광경
   (강반고적출판사 : 「중국침략 일본 남경대학살 사진집」)

■ 무장 해제된 중국 사병들이 살해당하기 전에 압송되는 장면
   (강반고적출판사 : 「중국침략 일본 남경대학살 사진집」)

■ 일본군에 생매장 당하는 시민들
　(중국 침략 일본군에 의한 남경대학살 재난 동포기념관 편찬 「남경대학살 사진집」)

■ 난징의 청 · 장년들이 일본군에게 체포되어 단체 살해되기 위해 압송되는 장면
　(하얼빈시 사회과학원 소장)

■ 중국 사병과 난민을 찔러 죽인 후 다시 총검으로 찌르고 있는 일본군
  (중국 침략 일본군에 의한 남경대학살 재난 동포기념관 편찬 「남경대학살 사진집」)
■ 참수되기 직전의 포로가 된 난징 청년
  (중국 침략 일본군에 의한 남경대학살 재난 동포기념관 편찬 「남경대학살 사진집」)

일본군이 중국인을 잔인하게 죽이는 것을 보며 주변의 일본군 관병들이 낄낄거리며 웃고 있다.

■ 무장해제 된 중국 사병을 참수하려는 일본군
(중국 침략 일본군의 남경대학살 재난 동포기념관 편찬 「남경대학살 사진집」)

이 사진들은 인간이 얼마나 잔인하게 변할 수 있는지를 보여주는 생생한 장면들이다. 독일군들이 유태인 포로에게 했던 만행 이상으로 일본 제국주의자들은 살육과 도륙을 자신들의 쾌락으로 삼았고, 모든 것을 지배자의 이름으로 정당화했다. 이것은 광기에 사로잡힌 피의 보복을 벗어나 그야말로 인간을 말살하려는 야수의 대학살이었다.

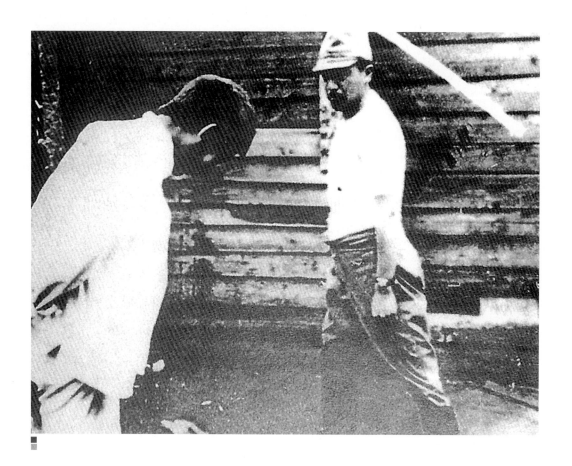

■ 난징 청년이 일본군에게 참수되는 장면
  (강반고적출판사 : 중국침략 일본 「남경대학살 사진집」)

■ 피로 변한 호수에 아무렇게나 방치된 난징 시민의 시체들
  (중국 침략 일본군의 남경대학살 재난 동포기념관 편찬 「남경대학살 사진집」)

일본군은 전투력을 상실한 중국 군인들이 반항을 못하도록 양팔을 묶어 결박까지 시켰다. 그런 후에 집단 살해하여 연못이나 강에 내팽개쳤다. 사진의 장소인 호수에는 약 300여 구의 시체가 이처럼 방치되었다.

■ 일본군에 의해 집단 학살된 남경 시민의 시체
(강반고적출판사 : 중국침략 일본 「남경대학살 사진집」)

■ 난징의 장강 주변에 떠다니는 학살된 난민 시체(일본 「촌뢰수보 사진집」)

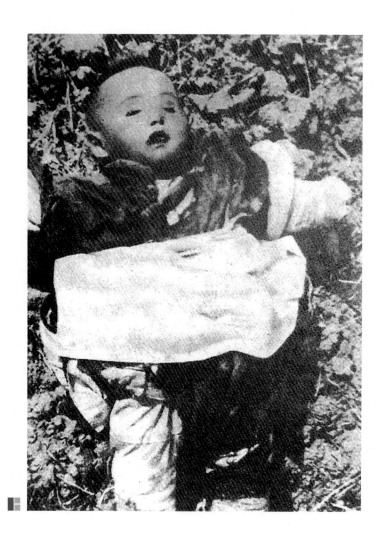

■■ 일본군에 총살된 3세 어린이
   (중국 침략 일본군의 남경대학살 재난 동포기념관 편찬 「남경대학살 사진집」)

■■ 일본군에 의해 강간당한 후 할복되어 내장이 체외로 나와 살해당한 부녀자
   (강반고적출판사 : 중국침략 일본 「남경대학살 사진집」)

■■ 참수당한 남경 시민
   (중국 침략 일본군에 의한 남경대학살 재난 동포기념관 편찬 「남경대학살 사진집」)

일본군이 참수된 시체에 담배를 꼽아놓았다.

　　잔인한 학살은 남경 일대를 공포와 죽음의 공간으로 만들고 말았다.
일본 침략군은 중국인뿐만 아니라 미국, 영국, 독일 등의 외교관 저택에도 침
입해 약탈과 방화를 일삼았으며 부상당한 중국인 피난민이 있는 병원, 학교,
교회도 마구 유린했다.

■ 일본군 총검에 의해 찔린 후 고루 의원에 보내져 치료받고 있는 13세의 소년
　(중국 침략 일본군의 남경대학살 재난 동포기념관 편찬 『남경대학살 사진집』)
■ 일본군의 윤간에 의해 병에 걸린 16세 남경 소녀
　(중국 침략 일본군의 남경대학살 재난 동포기념관 편찬 『남경대학살 사진집』)

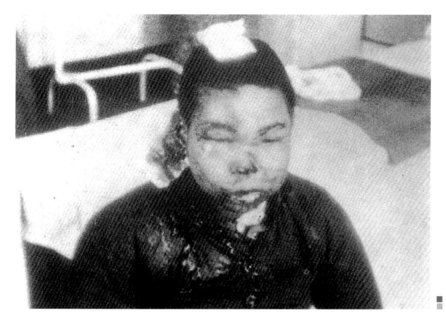

■ 일본군에 의해 윤간당한 후 강제로 나체 사진을 찍힌 부녀자들
(일본군 포로에게서 노획한 사진)

제2차 세계대전이 끝난 후 당시 중지파견군(中支派遣軍) 사령관 마쓰이 이와네(松井石根)는 대학살의 책임자로 처형을 당했다. 또한 당시 제6사단장 하세 히사오(長谷壽夫)를 비롯한 여러 명의 전쟁 범죄자들도 사형에 처해졌다.

　　마쓰이 이와네는 '야스쿠니 신사'에 봉안되었고, 같이 처형된 전범 토죠 히데키(東條英機) 등과 함께 '순국칠사(殉國七士)'로 추앙받고 있다.

■ 중국에서 가장 잔인한 기억으로 남아 있는 난징의 현재 모습

■ 현재 난징의 지도

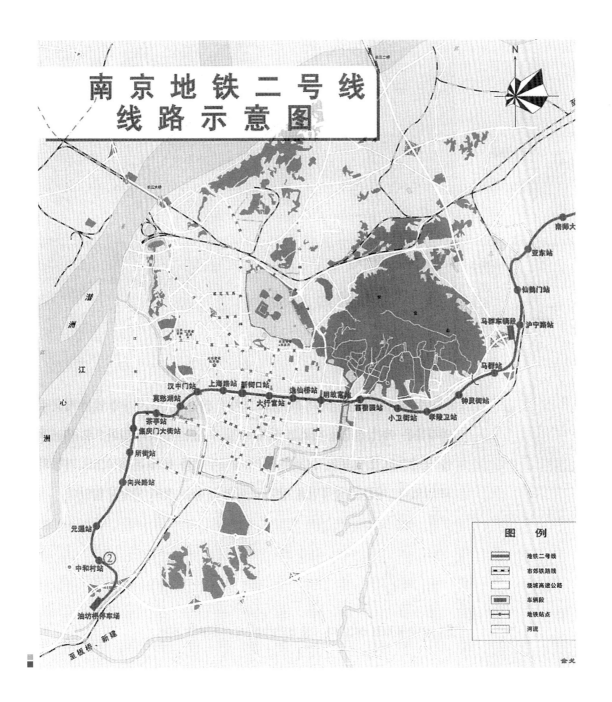

본격적인 세균 실험

　야수들의 만행은 남경대학살로 그치지 않았다. 이 시기에 일본 제국주의자들은 이미 전쟁을 빠르고 쉽게 이길 수 있는 전략의 일환으로 세균전을 생각하고 있었으며, 그것은 여러 세균부대를 통해 본격적으로 가동되고 있었다. 이들은 중국국민을 상대로 실험을 하는 것도 서슴지 않았다.

■ 731부대 해림 643지대 시설 초안(하얼빈시 사회과학원 소장)

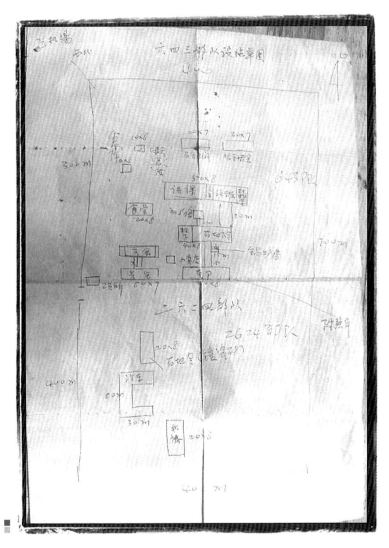

창고, 마굿간, 양계장, 식당, 교실, 지하실, 보일러 등 기본 제반 시설이 모두
갖추어져 있다.

731부대의 백신, 혈청 연구개발, 생산 실험실 옛터(하얼빈시 사회과학원 소장)

731부대 지하 소동물 사육실 내경(하얼빈시 사회과학원 소장)

말에 탄저백신을 주사하고 있는 청룡의 제 100부대
(「일본중국동북지역침략과 위만괴뢰정부기구」에서 발췌)

■■ 731부대 북지지 화장로(하얼빈시 사회과학원 소장)

■■ 731부대 동력반 유적지—1953년 촬영(하얼빈시 사회과학원 소장)

■■ 731부대 남문 수위병실(하얼빈시 사회과학원 소장)

■ 실외소독(『731부대 범죄증거─특별이송, 방역파일편』 : 일본일중근대사연구회 발간, 일본 ABC 기획위원회
편집─중국길림성 문서보존관)

각종 세균실험 역시 무자비하게 실행되었다. 페스트에 감염된 쥐들을 일부러 민간인 지역에 퍼트려서 그 효과를 직접 알아내고자 했으며 식수와 음식에 병원균을 투입하여 데이터를 수집하기도 했다. 어떤 곳에서는 지방의 행사 때 아이들에게 나눠주는 사탕에 일부러 콜레라균을 묻혀서 실험했다고 하니, 일본 제국주의자들은 짐승보다도 못한 짓을 저지른 셈이다.

▪ 의안 페스트 방역대원 출발 전 합동 사진(『731부대 범죄증거–특별이송, 방역파일편』) : 일본일중근현
　대사연구회 발간, 일본 ABC 기획위원회 편집–중국길림성 문서보존관)

▪ 신경(장춘) 지역 페스트 환자 발생 상황도(『731부대 범죄증거–특별이송, 방역파일편』 : 일본일중근현
　대사연구회 발간, 일본 ABC 기획위원회 편집–중국길림성 문서보존관)

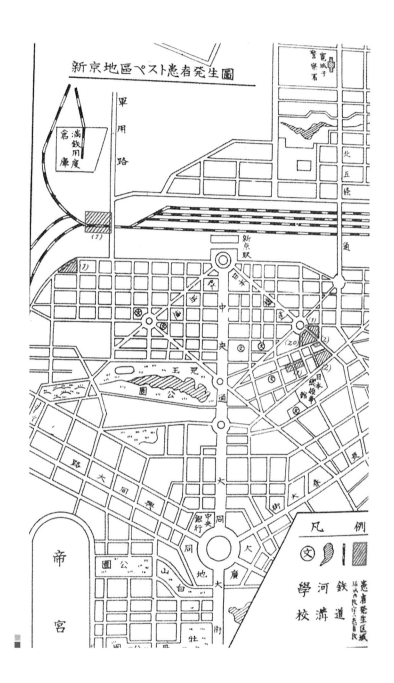

731부대와 특수수송

731부대는 페스트, 장티푸스, 적리, 동상, 탄저병, 결핵 등 십여 종의 세균 연구를 하였으며, 이를 세균전에 사용하였다. 더욱 잔혹한 사실은 731부대는 살아 있는 사람으로 인체실험을 했다는 것이다. 1933~1945년까지 실험을 통해 중국인, 한국인, 전 소련인 등 최소 3,000여 명을 잔혹하게 살해했다.

1945년 항복하기 전, 증거를 인멸하기 위해 일본 관동군은 하얼빈에 설립된 세균 실험기지의 주요 건축물과 시설 모두를 없애버렸다. 그러나 역사는 가린다고 가려질 수 없으며, 객관적 사실은 이미 온 천하에 드러났다.

■ 731부대 부대원 동향기숙사 앞 단체사진(하얼빈시 사회과학원 소장)

731부대 규정에 따라 외출하는 부대원은 반드시 만주인으로 변장을 해야 했다.

▐▌ 외출하는 731부대 대원(하얼빈시 사회과학원 소장)

▐▌ 731부대 각 부장, 각 지대장 단체 사진(하얼빈시 사회과학원 소장)

▐▌ 731부대 고등장관 단체 사진(하얼빈시 사회과학원 소장)

各部長 支部長團體所屬紀念撮影
昭和十六年一月十一日

—部長、支部長、出張所長

■ 731부대가 사용한 여러 가지 도구(하얼빈시 사회과학원 소장)

일본군은 동북의 동녕, 경동, 도돈소, 아성, 안달 및 그 부근 3km 떨어진 성라구 등 여러 곳에 많은 야외 실험장을 만들어 늘 생체피복실험을 실시했다. 야외실험의 능률을 위해 731부대는 항공반을 설치했는데, 비행기 격납고와 공항을 갖추었으며 각종 비행기 12대가 있었다.

　　항공반의 반장은 이시이 시로의 사위인 0000(검열삭제) 소좌가 임명되었다. 1939년 8월, 731부대는 "용감대"를 결성해서 일본과 소련의 교전지인 노문한으로 비밀리에 접근했다. 일본군은 대량 세균폭탄을 사용하였으며, 전쟁에서 패하여 철수할 때 용감대는 하라하강의 상류에 세균을 살포하여 수원을 오염시켰다. 그 결과 많은 소련과 몽골 군인들이 중독되었고 가축들이 몰살당해 민간인들도 막대한 손실을 보게 했다.

■ 페스트 전염지역 현장정리(하얼빈시 사회과학원 소장)

■ 731부대 야외 세균 실험 후 현장소독 실시(하얼빈시 사회과학원 소장)

■ 731부대 이목반 결핵균실험실(하얼빈시 사회과학원 소장)

■ 731부대가 사용(이시이 시로가 설계)한 도지기 세균탄(하얼빈시 사회과학원 소장)

범죄의 증거를 소멸키 위해, 731부대는 후퇴 이전에 토기세균탄피를 산구반 밖으로 치웠다.

■▐ 파손된 세균탄 조각(하얼빈시 사회과학원 소장)

■▐ 731부대 세균탄피 제조창(하얼빈시 사회과학원 소장)

■▐ 일본군이 중국에 남겨놓은 화학무기(하얼빈시 사회과학원 소장)

　　731부대의 인체실험은 인류 역사상 가장 잔인한 역사로 기록되어 있다. 살아 숨쉬는 인간을 쥐나 벼룩처럼 취급하며 온갖 실험을 다했던 그들은 '특수수송'이란 이름을 내세워 살아 있는 인체실험 대상, 즉 마루타를 동원했다.

　　특별수송은 중국어로 "특수수송", "특별수송"으로도 불리우며, 일본어로는 "특이송"으로 쓰였다. 이는 관동헌병대와 731부대 내에서 사용한 고유명사였다. 소위 "특별수송"은 중국 침략 일본군 각 헌병대, 헌병분대, 헌병분견대가 체포한 항일지사들로 직접 비밀 심문하였으며, 그 심문보고서를 상급기관인 관동헌병대 사령부에 보고하고, 사령부의 승인 후 비밀리에 731부대로 수송하여 각종 인체실험으로 잔혹하게 살해했다. 현재 발견된 "특별수송" 파일에 기재된 피해자는 중국, 한국, 소련 등 반일인사들이다.

■ "특수수송"시 호위명령에 의한 관동 헌병대 작전명령 제224호(1950년 모스크바 외국어서적출판
　국 『일전 일본육군이 준비 사용한 세균무기 고발안 심판자료』)

檔案第八四五號，第四五至四七頁。
平野憲兵隊一九三九年七月十七日至
九月十九日陣中日誌

譯自日文
秘

星期二晴

（頭前九行因與本案無關，譯時
從略。——譯者註）

關於『特殊輸送』
時護衛事宜命令

第四五頁。
八月八日。

關東憲兵隊作戰命令第二二四號

關東憲兵隊命令。
八月八日十六時。
關東憲兵隊司令部。

（一）依據關東憲兵隊作戰命令第二二
二號所派第二批『特殊輸送』人員約
九十名，於八月九日抵山海關站。到
達山海關站後即派客車箱一輛輸送，
客車於八月十日十一時十五分由山海
關站出發（客車箱掛在山海關瀋陽線
列車上）。十三日零時十三分抵達孫
吳站。

（二）由山海關至孫吳站間沿途護衛前
項人員之責，由錦州憲兵隊長擔任。

被輸送人員中除留下六十名送達目
的地外，其餘諸人在到達哈爾濱站時即
交付石井部隊長。為此，須事先將應交

■■ "특수수송" 피해자 왕진송 정면사진, 동안 선고 제164호 기재
　　(「731부대 범죄증거」—관동 헌병대 특수수송 파일)

■■ "특수수송" 피해자 왕진송의 측면사진, 동안 선고 제172호 기재
　　(「731부대 범죄증거」—관동 헌병대 특수수송 파일)

■■ "특수수송" 피해자 조성충에 관한 반재하 선고 제125호령
　　(「731부대 범죄증거」—관동 헌병대 특수수송 파일)

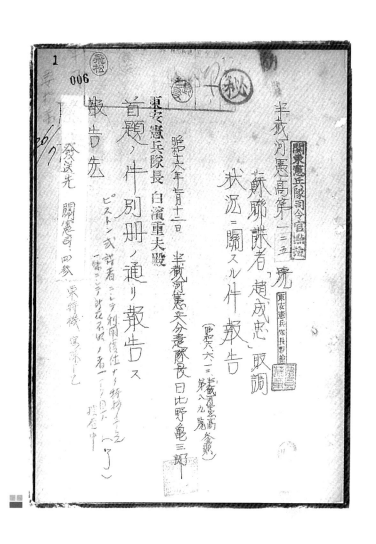

関東憲兵隊司令官監撮

半截河憲高第一三五號

東安憲兵隊長殿 印

蘇聯諜者「趙成忠」取調
状況ニ關スル件報告

（東安六一三半截河憲高 參照）
（東安六一三半截河憲高
第八九號）

昭和十六年七月十二日

半截河憲兵分遣隊長 日比野龜三郎 印

東安憲兵隊長 白濱重夫殿

首題ノ件別冊ノ通リ報告ス

報告先

ピストル式諜者ニシテ利用價値ナキ特務工作
「味」ニシテ誇ラズ取ノ者一ツ取ノ
候ヲ中

發送先

關憲高 四參

栗幹機 圏第十二

2장 야수들의 만행 115

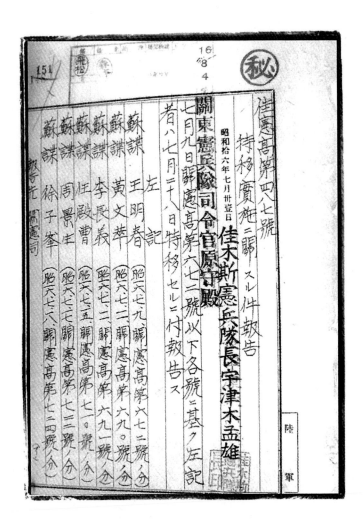

■ "특수수송 피해자 왕명춘, 황문졸, 이장의, 임의조, 주경생, 서자봉 등의 6인의 가선고 제487

　호령 (「731부대 범죄증거」—관동 헌병대 특수수송 파일)

실험 대상으로 끌려간 그들은 731부대의 특별감옥에 수용되어 온갖 실험의
재료로 살해되었다. 이곳 특별감옥의 관리를 맡은 이는 이시이 시로의 셋째
형이었다.

■■ 심덕룡 등 4인을 731부대로 압송한 일본국 대련 헌병대 조장(하얼빈시 사회과학원 소장)

■■ 731부대 인체실험 피해자 이동승(하얼빈시 사회과학원 소장)

■■ 731부대 인체실험 피해자 왕요헌(하얼빈시 사회과학원 소장)

■■ 특별수송" 조선인 피해자 이기수의 사진(『731부대 죄행철증—특별이송, 방역문서편』: 일본일중근현
대사연구회 발간, 일본 ABC 기획위원회 편집—중국 길림성 문서국)

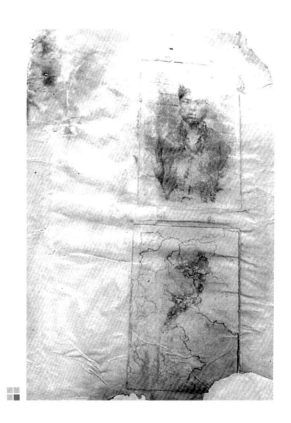

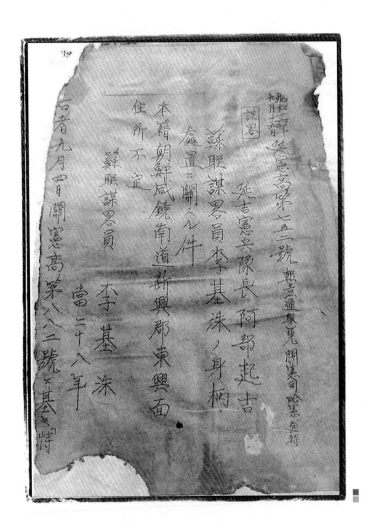

■ 연길헌병대 문초 조선인 피해자 이기수의 최초 문서(『731부대 죄행철증─특별이송, 방역문서편』 :
일본일중근대사연구회 발간, 일본 ABC 기획위원회 편집─중국길림성 문서국)

■ 훈춘 헌병대 문초 조선인 피해자 고창율, 김성서의 최초 문서(『731부대 죄행철증─특별이송, 방역
문서편』 : 일본일중근대사연구회 발간, 일본 ABC 기획위원회 편집─중국길림성 문서국)

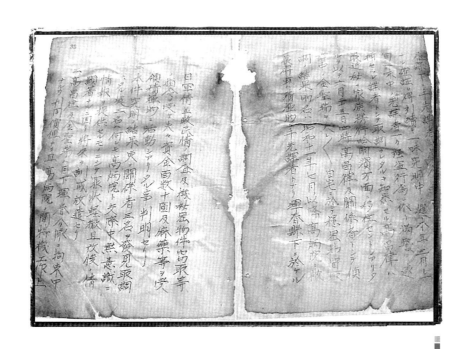

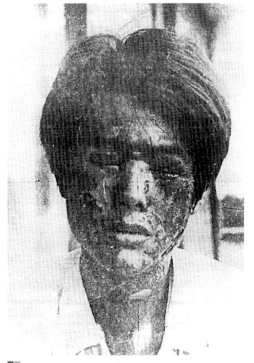
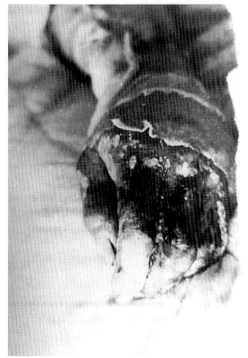

■■ 목단강시 독가스 사건 중의 노동자 중강 씨의 얼굴 부분 상처의 초기 상황
(하얼빈시 사회과학원 소장)

■■ 목단강시 독가스 사건 피해자 포배종 씨의 손(하얼빈시 사회과학원 소장)

■■ 목단강시 독가스 사건 피해자 포배종 씨의 둔부(하얼빈시 사회과학원 소장)

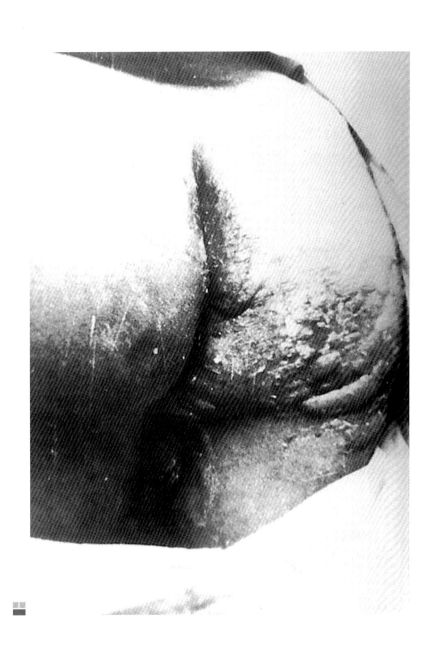

■ 목단강 독가스 사건 후 독제처리(하얼빈시 사회과학원 소장)

1940년 10월 27일, 731부대와 난징 1644 세균전부대가 협력하여 닝뽀지구에 페스트균을 대량 살포하여 적어도 106명이 페스트에 감염되어 사망했다. 또한 방역을 한다는 구실로 중국 곳곳에서 중국인들에게 피해를 입혔다.

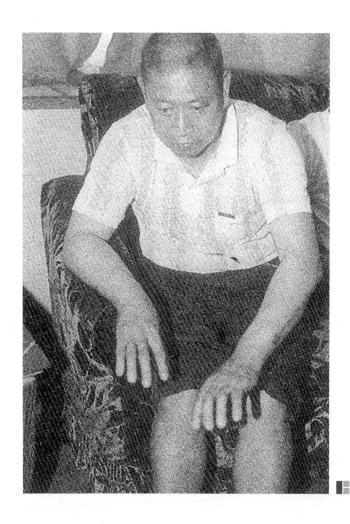

██ 흑룡강 홍기09호 준설선 독가스 피해자 선원 이신(하얼빈시 사회과학원 소장)

██ 목단강 독가스 사건 후 독제를 폐기하여 매립한 지점(하얼빈시 사회과학원 소장)

██ 이 페스트에 피해를 입은 일본 독가스 공장의 노동자의 손(하얼빈시 사회과학원 소장)

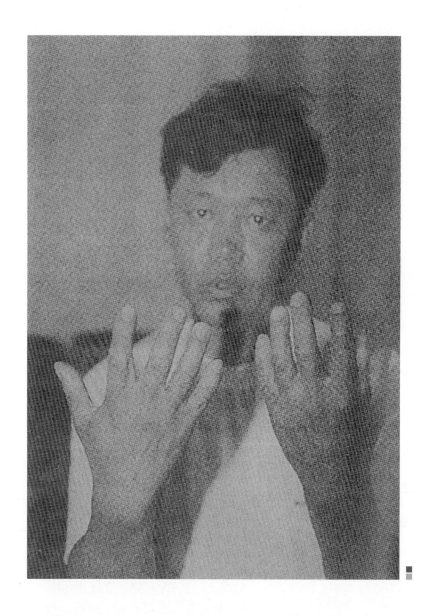

■ 흑룡강 홍기09호 준설선 독가스 피해자 선원 유진기(하얼빈시 사회과학원 소장)

1942년 8월 원정대원들은 머리에 방호 마스크를 쓰고 몸에 방역복장을 입은 채 절강 이오현 승산촌에 들어가 그 마을에 사는 이취봉의 며느리(병균에 감염된 여인)을 마을 밖으로 강제로 끌고 가서 복부를 해부하고 내장을 꺼내 세균 전염 효과를 검사하였다.

1941~1945

인간의 말살

역사는 돌고 돈다고 한다. 하지만 결코 되풀이 되지 말아야 할 역사가 있다. 그러나 제대로 역사를 인식하지 못하는 순간, 악몽과 지옥의 시간은 재현되고 만다. 그런데 우리는 아직도 얼마나 많은 한국인들이 731부대에서 생체실험으로 사라졌는지 제대로 알지 못한다. 더구나 한반도 외부에서 벌어진 일에 대해 역사적인 자료 조사도 제대로 이루어지지 않고 있다. 이미 전쟁은 끝났고 60년이 흘렀으며 한국과 일본은 동북아시아 지역의 친밀한 관계와 공생을 모색하고 있다. 그러나 일본에 대한 국민적 감정은 여전히 심증적 태도에만 머무르고 있다. 요즘은 3.1절이나 8.15 광복절이 아니면 일본 제국주의의 만행에 대해 신경도 쓰지 않는 것 같다. 또한 일본의 총리가 야스쿠니 신사에 참배한 것을 보고도 모르쇠로 일관하기 일쑤다.

다시 한 번 진지하게 역사에 물어보라. 인간이길 거부한 일본 제국주의 전범들과 그 후손들에게 면죄부를 주고 있는 것이 누구인지.......

생생한 역사의 절규

　중국 침략 일본군 제731부대와 해림 643, 림구 162, 손오 673, 해랍이 543 등의 지대 및 베이징 1855, 난징 1644, 광조우 8604, 청룡 100부대는 모두 전쟁 기간 내내 세균 및 독가스전의 연구에 동원되었으며, 연구과정에서 세균실험, 동상실험, 독가스실험 등을 포함한 여러 종류의 생체실험을 진행하였다. 731부대는 실험실에서 생체실험을 진행함과 동시에 평방 부근의 성자구, 도뢰소, 안달 등의 야외실험 장소에서 극비리에 생체실험을 진행하였다. 이것은 반 인류, 반 문명, 국제질서에 위배되는 비열한 수단이며 범죄이다.

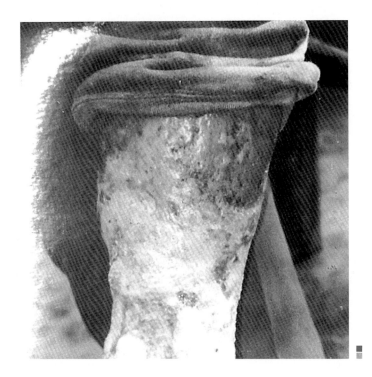

■ 절강 충주시 충강구 탄저병 피해자 전반편 (남, 1922년생) 1942년 감염 – 현재까지 회복 안 됨
  (절강 충주구 명천 제공)

■ 운남 세균전 피해자 서생우 – 2003년 9월 27질 다리 절단(운남 보산진 조양 제공)

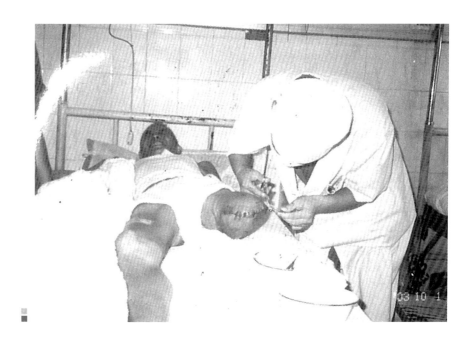

　현재도 살아남은 이들은 일본의 세균전 실험을 생생하게 보여주고 있다. 역사는 외면하고 거부한다고 해서 지워지거나 덮어지는 것이 아니다. 일본 제국주의가 저지른 일은 전쟁 과정에서 벌어진 실수가 아니라 전 인류를 향한 명백한 범죄였다.

■ 절강 충주시 충강구 탄저병 피해자 물사소 – 1922년 생(절강 충주구 명천 제공)

3장 인간의 말살 137

■ 731부대 총무부장 중유금장 – 앞 앉은 이(하얼빈시 사회과학원 소장)
■ 야외실험 중 실수로 피해를 입은 일본군(하얼빈시 사회과학원 소장)
■ 731부대 야외 인체실험(하얼빈시 사회과학원 소장)

■ 현장 해부(「731부대 범죄증거 – 특별이송, 방영파일편」: 일본일중근현대사연구회 발간, 일본 ABC 기획위
　원회 편집 – 중국길림성 문서보존관)

731부대는 전쟁에서 처음으로 세균무기를 사용하면서 준비 부족과 경험 부족으로 자체 1개 사단의 병력이 세균에 감염당한 사례가 있었다. 이런 와중에도 이시이 시로는 세균무기 사용을 인정받아 표창까지 수여받았다.

■
■

■ 731부대 성자구 야외실험장(하얼빈시 사회과학원 소장)
■ 남경 구화산 세균공장 유적지에서 발굴한 인체실험 잔해
　(중국군사의학과학원 곽성주 제공)

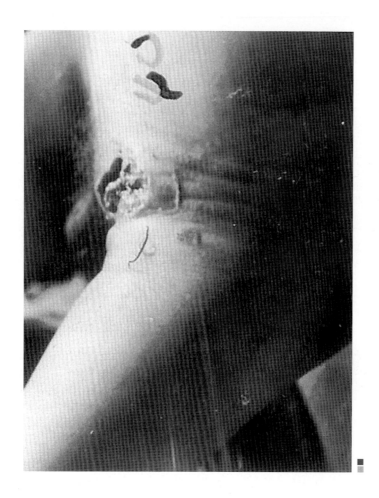

■ 임파선 절개수술(「731부대 범죄증거 – 특별이송, 방영파일편」: 일본일중근현대사연구회 발간, 일본 ABC 기획위원회 편집 – 중국길림성 문서보존관)

■ 의안 페스트환자 시체 해부(「731부대 범죄증거 – 특별이송, 방영파일편」: 일본일중근현대사연구회 발간, 일본 ABC 기획위원회 편집 – 중국길림성 문서보존관)

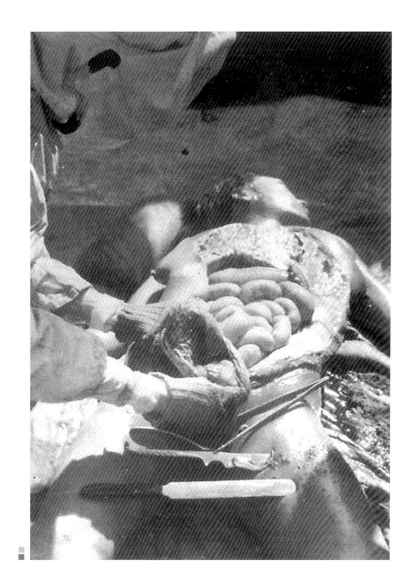

오늘 오후에는 또 다른 해부가 있었다. 실험 대상자는 중국인 같았고 요추 신경을 마취시킨 후에 실험에 들어갈 예정이었다. 그런데 동료 대원 하나가 살균 소독을 하지 않은 주사 바늘을 사용하려고 했다.

"이봐, 뭐 하는 건가? 소독은 해야 하지 않겠나?"

그러자 동료 대원은 나를 힐끔 쳐다보더니 이렇게 빈정댔다.

"자네야 말로 무슨 생각을 하는 건가? 우리는 이 녀석을 죽이려는 거야."

- 겐 유아사의 회고록 중에서 -

▌ 현장 해부(「731부대 범죄증거 - 특별이송, 방영파일편」: 일본일중근현대사연구회 발간, 일본 ABC 기획위원회 편집 - 중국길림성 문서보존관)

▌ 페스트 피해자(하얼빈시 사회과학원 소장)

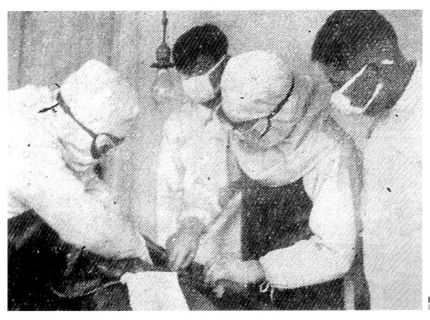

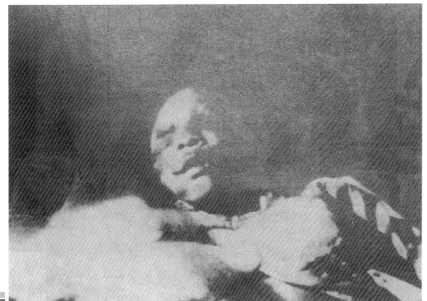

얼어붙은 비명

    동상실험은 일본군이 실시한 생체실험의 일종이다. 중국 침략 일본군 제1855부대는 "주몽고군단방역급수부"와 공동으로 한 차례의 야외동상실험을 실시했다. 그 실험기간은 1941년 1월 31일부터 2월 11일까지였다. 장소는 "몽고자치연합정부" 석림곽특소이특 서부분지로, 현재 중국 내몽고자치구 석림곽특소이특우기이다.

    연구반은 모두 56명으로, 책임자는 외과군의 소우곡촌일지다. 동상생체실험의 대상자였던 사람들은 중국 남성으로, 모두 8인이었다. 실험의 목적은 일본군의 동북과 내몽고에서의 혹한 기간 동안 전쟁을 수행하는 데 필요한 데이터를 모으기 위한 것이었다.

    본 자료는 중국 침략 일본군의 인체 실험한 비밀자료로, 당시 일본군의 비인도적 범죄의 유력한 증거이다.

▮ 731부대 길촌반 동상실험실(하얼빈시 사회과학원 소장)

■ 일본 무장군에 체포되어 동상실험에 동원된 8인의 중국인(하얼빈시 사회과학원 소장)

■ 소 썰매로 운송되는 동상실험 대상자들(하얼빈시 사회과학원 소장)

■ 눈썰매 운송 동상 실험 대상자들(하얼빈시 사회과학원 소장)

"왜 만주에다 세균전 부대를 창설했는가?"

"만주에는 피 실험 재료가 풍부하기 때문이다."

"실험재료란 생체 실험용으로 부대에 송부된 사람을 의미하는가?"

"그렇다. 그들은 마루타(통나무)라 불렀고, 번호로 처리되었다."

이렇게 처리된 마루타들은 세균전의 생체실험용으로 죽어갔을 뿐만 아니라, 원심분리기에 걸러 피를 짜는 창혈실험, 진공실에 넣어두고 내장을 파열시키는 진공실험, 사람의 피와 원숭이나 말의 피를 교체하는 대체 수혈실험, 패전차 속에 가두어 놓고 화염방사기를 쏘아 얼마나 견디는지 확인하는 내열 실험, 찬물 속에 들어갔다 나오게 한 후 영하 40도의 혹한 속에 세워두는 동상실험 등에 동원되었다.

가외지마 군의소장(만주에서 생체실험을 했던 일본 세균전 부대의 고참 간부)의 증언
– 하바로프스크 전범 재판 기록 중에서 –

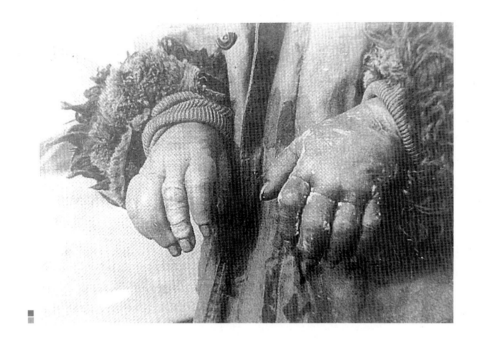

■ 동상 발생 – 24시간 후(하얼빈시 사회과학원 소장)

■ 동상 발생(하얼빈시 사회과학원 소장)

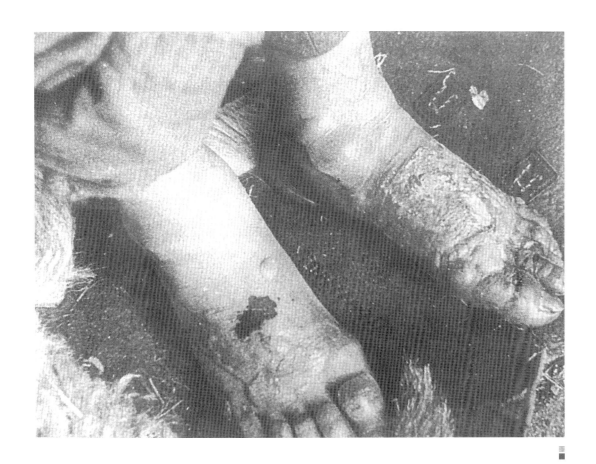

전쟁 후 전범 재판에서 이시이 시로는 조선인 실험 대상자가 대략 260여 명이라고 증언했다. 지금까지 생체실험으로 희생된 사람은 대략 3,600명 정도로 알려져 있지만 지금도 계속해서 유골이 나오고 있는 실정이다. 이는 단순히 수치의 문제가 아니라 우리가 잃어버린 역사의 한 부분이자 되살려내야 할 역사적 기억이다.

유린의 세월

　일본의 중국 침략 기간에 조선인과 중국인 모두 일본의 야만적 노역과 잔혹한 피해의 대상이었다. 특히 일본군은 강제로 대량의 조선인 노동자를 징발하고 상당수의 조선인 위안부를 강제로 충당하였다.

某慰安所内景，墙上貼着慰安妇的名牌

■ 요새 위안소 벽에 붙어 있는 명패(하얼빈시 사회과학원 소장)
■ 1938년 1월 일본군이 남경에 개설한 위안소 앞 전경

위의 사진은 위안소 앞에서 서로 밀치면서 내부를 들여다보는 일본군의 모습이다.

비밀리에 인체실험을 하면서 한편으로 일본은 또 하나의 범죄를 저지르게 된다. 그것이 바로 한반도와 중국 본토를 유린하면서 만든 '위안소'였다. 종군 위안부로 끌려간 여성의 숫자가 얼마나 되는지 아직도 의견이 분분한 가운데 어림잡아 30여만 명에 이를 것이라는 주장도 있다. 대부분의 여성들은 취업을 시켜준다는 말에 현혹되어 인권과 생존권이 말살된 곳에 끌려갔으며, 많은 세월이 흐른 지금은 살아남은 증인이 점차 줄어들고 있다. 하지만 그들의 증언은 흘러버린 시간과 관계없이 지금도 생생하다.

▌ 중국 운남 송산에서 중국 원정군에게 구조된 조선인 위안부 박영심 외 3명
　(운남 보산진조량 제공)

이 중 한 사람은 북조선국적 일본위안부 박영심으로 騰沖, 龍陵에서 일본군에 의해 강간
당하고 임신을 했다. 과다 출혈로 태아는 몸속에서 사망했으며 수술로 태아를 제거했다.

▐ 중국 원정군에 의해 구조될 당시 복부의 죽은 태아 제거 수술 흔적을 일본 동경에서 보여
  주고 있는 박영심 노인 – 2000년 12월 촬영(하얼빈시 사회과학원 제공)

▐ 일본 침략군이 중국 운남성 동충현 일본군위안소에서 조선위안부 박영심을 강제로 촬영한
  나체 사진(하얼빈시 사회과학원 제공)

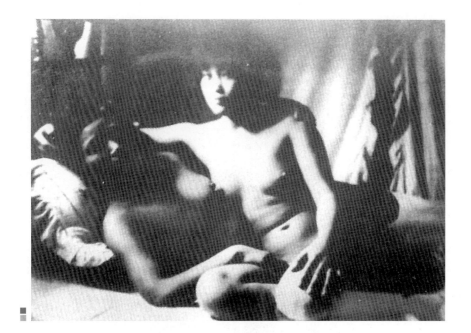

■ 중국 운남 동춘현의 일본군 위안소에서 조선인 위안부 박영심과 그의 동료를 강제 촬영한
　나체 사진 − 1944년 촬영(운남 보산진조량 제공)
■ 1944년 9월 7일 송산 일본군 참호에서 발견된 위안부(운남 보산진조량 제공)

위생병이 위안부의 상처를 동여매고 있다.

■▌ 이들 대부분은 조선의 젊은 부녀자였다.

■▌ 1944년 8월 14일 미얀마 주둔 중국군이 포로로 잡은 60여 명의 일본군 위안부
　　(운남 보산진조량 제공)

■▌ 일본군에 의해 살해된 중국 운남 동춘현에 있는 조선인 위안부 시체
　　(운남 보산진조량 제공)

■▌ 중국 원정군 헌병이 진면전쟁에서 구한 조선인 위안부 김육원(운남 보산진조량 제공)

"나는 마침내 살았으며 또 중국 군대의 특별대우를 받았다."

▪ 원정군 제8군 장교가 송산에서 노예로 감금된 일본군 조선족 위안부를 심문하는 장면
  – 1944년 9월 8일 촬영(하얼빈시 사회과학원 제공)

▪ 다수의 조선 위안부를 빠뜨려 익사시킨 동춘진가(騰沖陳家)의 우물
  (하얼빈시 사회과학원 제공)

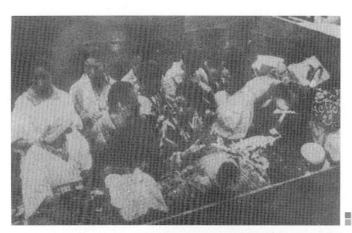

■■ 일본군 트럭에 실려 위안부로 끌려가는 조선의 여인들(하얼빈시 사회과학원 제공)

■■ 위안소에서 줄지어 기다리는 일본군 사병들(하얼빈시 사회과학원 제공)

■■ 중국을 침략한 일본군 56사단 113연대의 중국 위안부 이연춘 - 현재 운남 보산시 도가향
병새행정촌 용동촌에 생존(운남 보산진조량 제공)

"그때 아픈 기억은 생각하기도 싫습니다. 하지만 일본이 저지른 만행을 폭로하고 사죄를 이끌어내기 위해 이 자리에 섰습니다."

▮ 동녕 요새 위안부 이풍운(하얼빈시 사회과학원 소장)

▮ 동녕 요새 위안부 이광자(하얼빈시 사회과학원 소장)

▮ 동녕 요새 위안부 지계란(하얼빈시 사회과학원 소장)

누가 면죄부를 주었는가?

역사에 대한 심판은 후세에게 맡긴다고 했던가? 그러나 그 심판이 끝나지 않고 있다. 일본 제국주의가 저지른 범죄는 망령들과 함께 되살아나고 있으며, 군국주의를 외치는 일본의 강경파들은 오늘날에도 동아시아를 근대화시켰다는 논리를 되풀이하고 있다.

어느 누구도 역사를 심판할 수는 없다. 하지만 그 범죄는 심판받아야 마땅하다. 여전히 자신들의 만행을 합리화하고 있는 그들에게 과연 누가 면죄부를 주었는가?

▌ 백기를 들고 투항하는 일본군(하얼빈시 사회과학원 소장)
▌ 무기를 버리고 투항하는 일본군(하얼빈시 사회과학원 소장)

■ 일본군 투항(하얼빈시 사회과학원 소장)

■ 투항하는 일본군 병사(하얼빈시 사회과학원 소장)

■■ 731부대 전중반 전 부대원 신곡실(하얼빈시 사회과학원 소장)

■■ 731부대 동상반 반장 요시무라히사또(하얼빈시 사회과학원 소장)

■■ 731부대 곤충반 반장 다나까에이오(하얼빈시 사회과학원 소장)

■■ 전 731부대 대원 소립원(하얼빈시 사회과학원 소장)

■■ 전 731부대 해납이 지대 대원 OOO - 검열삭제(하얼빈시 사회과학원 소장)

■■ 전 731부대 대원 OOO - 검열삭제(하얼빈시 사회과학원 소장)

■■ 731연구소 소장 김성민이 전 731부대 운송반 기사 OOO(검열삭제)의 증언을 듣고
있는 모습(하얼빈시 사회과학원 소장)

■ 전 일본군 1855세균부대 대원 OOO – 검열삭제(하얼빈시 사회과학원 소장)

■ 전 일본군 대련 헌병대 조장 OOO – 검열삭제(하얼빈시 사회과학원 소장)

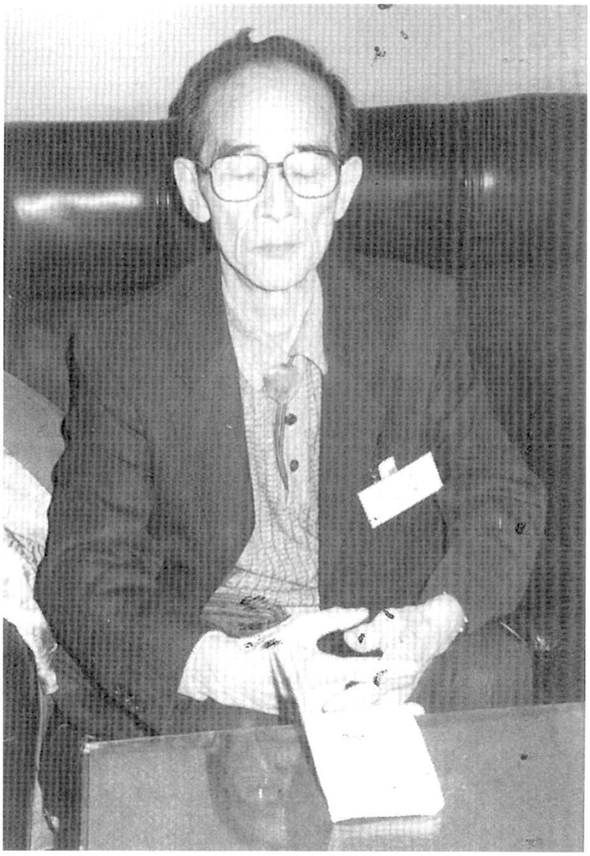

■ 전 일본 8604 세균부대 대원 OOO – 검열삭제(하얼빈시 사회과학원 소장)

■ 전 731부대 소독반 대원 OOO(검열삭제)이 중국 인민에게 사죄하는 모습
  (하얼빈시 사회과학원 소장)

　전쟁은 끝났다.

　역사는 흘러가는 것이 분명하지만 늘 기억되는 것이기도 하다. 그 당시에
현장을 겪은 사람들이 모두 사라진다고 해도 우리는 역사의 총체적인 것을
분명히, 또렷하게 기억하고 있다. 설사 야만적 행위를 서슴지 않던 일본 제국
주의의 망령이 영원히 사라진다고 해도 우리의 피는 그것을 생생하게 떠올릴
수 있다. 그렇기 때문에 역사는 어느 누구의 소유가 아니라 우리 모두의, 인
류의 것이다.

| 후 기 |

"홀로 짊어진 역사적 사명이라도
결코 외롭지 않았다."
해방 60년과 또 한 명의 투사 – 일본 관동군 731부대 조선인 희생자진상규명위원회 위원장 김창권

731부대 진상규명위원회의 위원장을 맡고 있는 김창권(63) 씨는 다양한 직함만큼 산전수전을 모두 겪은 사람이다. 부산중과 경복고를 졸업한 그는 고3 때 가세가 급격히 기울면서 가장으로서 돈벌이에 나서야만 했다. 그래서 목욕탕 때밀이, 월부 책장사 등 안 해본 일이 없다.

이후 국세청에서 잠시 직장 일을 하다가 성균관대 경제학과에 입학했고, 경영대학원에서 석사학위까지 마쳤다. 그러나 그의 자존심은 여기서 충족되지 않았다.

결국 1982년 혈혈단신으로 미국으로 건너가 미시건 주 디트로이트대학에서 경제학 석사를 다시 취득했다. 잔디 깎기와 아스팔트 공사장 인부를 전전하며 학비를 벌었던 각고의 시기였다.

그 기간 동안 당시 뉴욕 및 시카고 등의 제조업체로부터 모조품 로렉스 시계를 개당 30달러에 구입하여 두 배의 값으로 팔면서 큰돈을 벌었다. 유학 당시 비즈니스에 대한 집념이 너무 강해 일부 학생들로부터 "저 친구는 장사하러 유학 왔나?"하는 빈축을 사기도 했다. 이에 대한 그의 해명은 단호했다.

"그래도 나는 석사학위를 땄고, 100만 달러를 벌어 왔다. 나는 어떤 곳에 있어도 떳떳하고 당당한 대한민국 사람이다."

그런 김 씨가 일본의 역사 왜곡을 바로잡는 자료 수집에 나서게 된 계기는 한국권투위원회 부회장직을 맡고 있던 1997년의 어느 날이었다. 당시 중국에서 개최된 남북한 동시 초청 복싱 경기에서 북측 인사들로부터 하얼빈 731부대에서 조선인 300여 명이 희생되었으며, 당시 일본군이 사용한 각종 인체 실험 도구들이 현지 〈죄증 진열관〉에 전시되어 있다는 이야기를 들은 것이다.

순간 그의 머릿속엔 '혹시 우리가 그분들의 죽음을 헛되게 할 만큼 수치스럽게 살고 있지는 않은가?' 하는 자괴심이 엄습했다. 그래서 그 증거물을 직접 한국으로 옮겨와 국민들에게 역사에 대한 경종을 울려야겠다고 결심했다.

결국 〈죄증 진열관〉 및 하얼빈시 측과 계약을 맺고 생체해부 장면 사진이나 밀랍으로 제작된 각종 유물들을 정식으로 들여오기 시작했다. 수차례의 반입을 계기로 쌓인 교분을 바탕으로 그는 조선인 희생자에 관한 기록뿐 아니라 타다 남은 생체 해부도와 고문틀 등 실제 유물 23점도 들여왔다. 방독면, 일본군 군복, 노무복, 죄수복, 방한복, 접근금지 표지판, 노무수첩, 해부통, 의료도구 등도 그 일부이다.

특히 생체 해부틀과 방독면은 반입 과정에서 중국 당국에 적발되어 위기를 처한 적도 있다. 히로시마 원폭 투하 지점, 아우슈비츠 수용소와 함께 유네스코 지정 3대 전쟁 유적지 중 한 곳인 731부대 유적지 복원사업에 필요한 유물들이었기 때문이다. 그러나 마침 안면이 있는 중국 측 책임자를 통해 사태를 진정시킬 수 있었다.

한국으로 돌아와 1998년 부산과 서울(전쟁기념관)에서 전시회를 개최하면서 역사 왜곡은 철저히 막아야 한다는 취지 아래 역사적 경종을 울릴 수 있는 일을 계획하면서 '일본 관동군 731부대(마루타) 조선인 피해자 진상규명위원회'를 설립하였다.

누구도 부인할 수 없는 증거물

김창권(45)씨는 일본의 역사왜곡에 경종을 울리기 위해 일본 관동군 731부대와 관련된 각종 유물과 사진 등을 국내로 가져 왔다. (맨 왼쪽부터) 731부대의 '생체 실험'에 사용된 침대, 유해 소각로에 의해 세계 3대 잔혹유적지 중 한곳으로 지정돼 복원된 731부대 본관 사진, 당시 일본군이 사용한 방독면.

　김 씨는 마루타의 유물과 이에 관한 연구는 움직일 수 없는 역사의 증거를 제시하는 것이라며 자신은 역사와 사회를 밝히기 위해 노력하는 평범한 시민 중 한 명이라고 자신을 낮춘다.

　"누군가는 해야 할 일 아닙니까? 제가 아니면 또 누군가가 계속 해나갈 것이라고 생각합니다. 이 짐을 혼자 짊어지고 있다고 생각하지 않습니다. 더 많은 사람들이 주위에서 도와주고 이끌어주고 동참해주니까요. 그래서 외롭지 않습니다."

　대의를 위해 소소한 것을 개의치 않는 그를 한낱 평범한 시민으로 부르기는 어려울지 모른다. 어쩌면 정의를 위해 무모한 돌진을 서슴지 않는 그를 외로운 투사이자 우리의 돈키호테라고 불러야 할지도 모르겠다.

– 뉴스위크(2001. 8. 29) 기사 참조

"731부대 희생자 찾기 운동"

(베이징 = 연합뉴스) 박기성 특파원 = 연합뉴스 2005. 08. 03

일제 생체실험 피해자 1,463명 증거문서 공개

중구 동북지방에서 주둔했던 일본군 731부대가 생체실험 대상으로 삼았던 1,463명에 대한 증거문서들이 중국 언론에 공개됐다. 이들 1,463명 중에는 최소한 6명의 한국인이 포함돼 있고, 한국인 6명 중 4명을 포함한 318명은 이름과 나이, 출생지, 주소 등이 확인되었다.

헤이룽장(黑龍江) 성에서 발간되는 하얼빈일보(哈爾濱日報) 2일자에 따르면, 증거문서는 731문제 전문가 한샤오(韓曉. 작고)와 진청민(金成民. 731연구소장)이 20여 년에 걸쳐 중앙과 지방 문서관에 보관돼 있는 일본군 관련 문서 가운데서 찾아냈다. 신원이 드러난 318명의 명단에는 중국인 293명 외에 한국인 6명과 구소련인, 몽골인 등 외국인 피해자 25명이 포함되어 있다.

이 문서에 나타난 한국인 6명 중 신원이 나타난 4명은 ▲이기수(李基洙, 28. 함북 신흥군 동흥면. 1941년 7월 20일 체포) ▲한성진(韓成鎭, 30. 함북 경성. 1943년 6월 25일 체포) ▲김성서(金聖瑞, 함북 길주. 1943년 7월 31일 체포) ▲고창률(高昌律, 42. 강원도 회양군 난곡면. 1941년 7월 25일 체포) 등이다. 이들은 모두 지금의 옌볜(延邊) 조선자치주 훈춘(琿春)에서 체포된 것으로 기록돼 있다.

생체실험을 위해 731부대로 '특별이송'된 사람들은 지하공작원, 팔로군, 항일 전사 등이고, 이들을 통해 731부대의 생체실험 수요를 충족시켰다고 진청민 소장은 밝혔다. 1,463명 중 살아 돌아온 사람은 없다고 진 소장은 덧붙였다.

진 소장은 일본 헌병대에 체포된 후 조사에서 굴복하지 않은 사람들을 '반일정 서가 확고한 자' '반성하지 않고 재범 가능성이 높은 자' '포섭해 이용할 가치가 없 는 자' 등으로 분류, 731부대로 이송해 생체실험을 진행토록 했다고 말했다.

문건 분석 결과 1938년 1월 26일 일본 관동군 사령관과 참모장, 헌병사령관, 731부대장 등이 비밀 모의를 통해 '특별이송' 58호 명령을 실행했다. 그러나 그 죄상은 일제의 최고 기밀로 다루어져 관련 자료 대부분이 소각 처리되었다.

확보된 문건에는 731부대로 이송된 사람들의 이름과 별명, 공작명, 원적, 출생 지, 나이, 직업, 주소, 활동 범위, 수집 정보, 교육 정도, 체포 장소 및 시간, 731 부대 이송 시기 등이 상세히 기록되어 있다. 또 대다수의 문건에는 관동군 헌병 대 사령관의 특별이송 명령서가 첨부되어 있고 문건 윗면에는 사령관 서명과 헌 병대 작전과장 및 헌병의 인수인계 도장이 찍혀 있다. 개별 문건에는 이송된 사 람의 사진과 활동도표가 붙어 있다.

한편 '한국인 731부대 피해진상위원회' 김창권(金昌權) 대표는 2일 관련 문건이 보관되어 있는 하얼빈시 사회과학원을 방문, 한국인 관련 기록을 열 람하고 한국인 피해자 6명의 가족들을 찾아 일본 정부를 상대로 피해소송을 제기하겠다고 밝혔다.

일본 관동군 731부대(마루타) 조선인
희생자 진상규명위원회 주요 활동 연보

▶ 1998년 중국 방문, 731부대 마루타 유물 한국으로 반입 시작

▶ 1998년 마루타 조선인 희생자 진상규명 위원회 설립

▶ 1998년 서울 용산 전쟁기념관에서 일본 731부대 죄증전시회 개최
(광주 위안부의 집 협조로 문명근 할머니 인터뷰 외 다수 위안부 할머니 참석 및 증언)

▶ 1999년 부산에서 731부대 마루타 전시회 실시

▶ 2000년 조선인 희생자 진상규명 용역 계획 수립

▶ 2001년 서울 독립기념관 마루타 전시회 실시

▶ 2001년 서울 독립기념관 민족문제연구소 주관 일제 역사왜곡전시회 731관련 마루타 전시회 실시

▶ 2001년 중국 하얼빈시 사회과학원과 연계한 731부대 마루타 박물관 건립 계획 수립

▶ 2002년 731부대 관련 일본인 관계자 진상규명 용역 실시

▶ 2002년 731부대 당시 생체 실험한 일본 의사의 증언 취재 및 조선인 관련

희생자 자료 조사

▶ 2004년 731부대 진상규명 용역 추진 및 마루타 관련 청소년 전시회 및 지원 영상홍보물 제작 계획 수립

▶ 2005년 하얼빈시 사회과학원 주최 일본 731부대 관련 학술대회 한국 대표로 참석

▶ 2005년 일본 관동군 731부대 조선인 희생자 진상규명위원회 시민단체 등록

▶ 2006년 731부대 조선인 희생자에 대한 유가족 찾기 의뢰 및 731연구 조사단을 구성, 하얼빈시 사회과학원의 731 국제학술대회의 북측 대표 초청 제의

한국 단체 대표 "특별이송"과 관련하여 하얼빈에 오다

한국의 "조선인 731 피해 진상위원회"가 피해자 가족 찾기에 나서고 있다.

항일전쟁 승리 60주년 기념 특별보도

새로운 발견, 새로운 범죄의 증거, 새로운 고발

(기자 何秀麗) 시 사회과악원 '731 연구소'는 어제 본지를 통해 관동헌병대 "특별이송" 관련 1,463명의 명단을 발표하고, 피해자 가족의 소식을 찾는 등 국내외의 시선을 받고 있다. 어제, 한국우호단체인 "조선인 731 피해자 진상위원회"의 김창권 대표는 특별히 한국에서 본시 사회과학원까지 와서 관련 자료 파일을 열람하고 본지의 기자 인터뷰에 응했다. "731" 연구소 김성민 소장은, 자료파일에

의하면 당시 최소한 6명의 조선인이 "특별이송"과 관련하여 일본군 731부대의 생체실험에 희생되었으며, 이 6인의 피해자 관련 자료는 비교적 상세하게 나와 있으며(오른쪽 표), 그 가족을 찾을 가능성이 매우 높다고 얘기하고 있다.

김창권 대표는 본지의 기자 인터뷰에서 "조선인 731 피해자 진상위원회"는 앞으로 수만 명의 한국인과 연락을 취하면서 '특별이송" 피해자 가족을 찾을 것이며, 사실을 자세히 조사한 후에는 국제소송도 걸 계획이라고 했다.

이름	나이	본적 - 주소	납치 시기
김기수	28	성경북도 신흥군 동흥면	194년 7월 20일 間島省琿春化 村笞 馬溝
한성진	30	성경북도 경성 – 間島省琿春懸春化村杜荒子第二牌	1943년 6월 25일
김성서		성경북도 길주면 – 間島省琿春懸安村馬滴達屯第八牌	1943년 7월 31일
고창율	42	강원도 회양군 난곡면 – 間島省琿春街大同區第九牌	1941년 7월 25일
심덕용			1943년 1월 중순 대련헌병대에 의해 대련흑석초에서 붙잡힘
이청천			1944년 7월 海拉爾헌병대에 의해 이송됨

■ 협조해 주신 분 ■

남경대학살기념관 관장 朱長山
상해사범대학 위안부연구센터 주임 蘇智良
중국인민항일기념관 연구원 張量
"918"기념관 관장 初興加
무순 사회과학 원장 傅波
장춘위만황궁박물관 관장 趙繼敏
일본 ABC기획위원회 사무국장 三島靜夫
사무국 차장 和田千代子
내몽고 呼倫貝爾시 사무청 徐占江
중국군사의학과학원 연구원 郭成周
일본 731부대 피해지원회 森正孝
손오현 홍보부 전 부장 楊柏林

부록

731부대 진상조사 보고서

− 731부대 진상규명위원회

01 개 요

1. 731부대 진상조사 개요

제2차 세계대전은 동원병력 약 1억 1,000만 명, 전사자 약 2,500만 명, 민간인 희생자 약2,500만 명, 전쟁부상자 약 3,500만 명으로 집계된 유사 이래 최대의 전쟁이다. 전쟁을 도발한 일본은 징용 및 징병제도, 여자정신대제도, 근로보국대제도, 근로동원제도, 학도지원병제도 등을 만들어 한국을 비롯한 동아시아의 인력을 강제 수탈, 죽음으로 몰고 갔다. 1943년 대학생 4,500명을 징병하였으며, 1944년에는 '여자정신대 근무령'을 만들어 12세부터 20세까지의 한국인 처녀 수십만 명을 강제징집하여 전선에 위안부로 보내는 등의 만행을 자행했다. 1945년 8월까지 146만 명의 한국인이 전쟁터에서 강제노동을 했는가하면 군사기밀 보호를 명분으로 집단학살하기도 하였다. 또한 일본의 간토군(關東軍) 731특수부대에서는 살아있는 사람을 상대로 생체실험하기도 하였으며, 규슈(九州), 필리핀 등 동남아 각지에서 생체실험을 했다.

731부대 진상조사는 지리적 여건 및 정치적 문제로 인해 국내에서보다 피해당

사국인 중국에서의 활동이 훨씬 활발하다. 중국인 김성민(金成民)씨가 731연구소장으로 활동하면서 731문제 관련 자료나 증거들을 꾸준히 발굴해오고 있으며, 하얼빈 사회과학원, 무순시 사회과학원 등과 몽골 울란바토르 국방대학, 일본 'ABC 기획위원회', '중국인 전투피해 배상청구단', '나라시 조선인강제연행진상조사단' 등이 활동을 해오고 있다. 국내에서는 731부대피해자 및 진상조사위원회 김창권 회장이 10여 년 전부터 중국, 일본, 북한 등지를 돌면서 관련 유물이나 자료, 피해사실 채록, 책자 발간, 세미나 개최, 대언론작업 등을 통해 진상규명에 힘을 쏟고 있다. 특히 최근에는 중국 731연구소의 자료제공으로 한국인 희생자 6명을 찾아내 북한 측과 신원확인을 위한 공동 작업에 들어가는 등 활동반경을 넓히고 있다.

731부대 한국인 희생자 진상규명
위원회 단체등록증

김창권 회장은 그간 사재 수억 원을 들여 자료 및 유물책자 1,000여 점을 수집하였으며, 〈제국주의 일본과 야만의 역사〉 등의 사진자료집을 출간하는가 하면 관련 다큐멘터리나 영화를 제작할 예정에 있다. 또 강원도 속초시에 '731역사박물관'(가칭)을 설립하여 이곳에서 각종 자료나 유물을 전시한다. 나아가 근현대사 각종 사진을 동시에 전시하여 자라나는 청소년들에게 역사에 대한 경종을 울리고자 한다. 또한 국회에 731진상규명특별법(일제 강점하 강제동원피해진상규명 등에 관한 특별법 일부 개정 법률안(신학용 의원 대표 발의)을 국회에 청원 중에 있는데 이는 731사건의 진상을 규명하고, 이 사건과 관련된 희생자와 그 유족들의 명예를 회복시켜 주기 위한 목적으로 청원되어졌다. 이 법이 제정되면 국가 차원의 진상조사에 의해 재평가를 받게 될 것이며 일본과 미국을 상대로 배상 및 진상확인 운동을 펼쳐 나갈 것이다.

2. 진상조사의 목적

731 진상규명위의 목적은 사건의 진상을 밝혀내고 내용을 정확하게 규명하여 역사의 진실을 밝히는 것을 주목적으로 삼고 있으며 진상규명을 통해서 희생자와 그 유족들의 명예를 회복시켜 주는 부목적(副目的)을 가지고 있다. 따라서 진상규명위는 진상규명을 최우선 과제로 삼고 있다. 즉, 731부대로 말미암아 수천 명의 무고한 양민이 희생되고 실험도구가 된 사실을 밝힘으로써 유가족과 한국인 또는 희생당한 모든 사람들의 명예를 회복하여야 한다. 그동안 구체적이고 종합적인 진상규명이 이뤄지지 않은 채 세월은 흘러가고 그나마 생존해 있던 희생자 및 가해자 또는 증언 가능한 사람들이 속속 세상을 뜸에 따라 진상규명은 더욱 큰 어려움에 봉착하고 있다. 우리는 억울한 희생을 신원(伸寃)하며, 화해를 통하여 지난 상처를 치유함으로써 인권회복 및 평화에 봉사하고자 하는 것이다.

부록

3. 진상조사반 구성과 운영

가. 진상조사반 구성

최고 의결기구는 '731사건 진상규명위원회'이다. 2004년 9월 1일 출범한 위원회는 위원장, 사무국장, 조사이사, 해외담당 이사 등과 유족 대표, 관련 전문가, 학식과 경험이 풍부한 인사 등 10명 이내로 구성했다. 진상조사반은 진상조사를 위한 피해 신고 등 각종 관련자료 수집 및 분석과 진상조사보고서 작성에 관한 사항을 심의−의결하는 권한을 가졌다.

나. 진상조사반 운영

위원회는 부대 구성 배경, 전개 과정, 피해 상황 등을 종합적으로 조사하되, 특히 한국인 희생자의 피해 규명에 역점을 둔다는 기본방향을 설정하고 조사에 착수했다. 아울러 진상 규명에 대한 국민적 공감을 얻을 수 있도록 객관성과 공정성 확보에 주력하기로 했다.

진상조사는 2000년 1월 조사에 착수, 2006년 12월까지 6년 동안 진행됐다. 진상조사의 과정은 ① 자료 목록 및 증언 채록 예정자 명단 정리, 자료조사 기관 및 단체 선정→ ② 자료수집 및 증언 채록→ ③ 분석 작업→ ④ 보고서 작성, 심의의 수순을 밟았다. 그러나 이런 일정은 직렬적이기보다는 병렬적이고 지속적으로 보완 병행함으로써 새로운 연구 성과나 중요한 체험자의 증언 등이 누락되는 일이 없도록 만전을 기했다. 다만 앞으로 새로운 자료나 증언이 나타나면 수정 보완하기로 했다. 김창권 회장은 국내외 민간인 및 관련단체, 기관을 상대로 자료를 조사 입수하는 한편 중국, 일본, 미국, 몽골, 필리핀, 대만 등지에서 사건 체험자들을 대상으로 증언채록 조사를 실시했다.

4. 진상조사 활동

위원회는 아래에서 보듯 국내외 기관과 국가를 대상으로 자료조사를 실시, 관련자료 총 1,000여 건을 입수했다.

가. 문헌자료 조사

1) 국내

문헌자료 조사는 먼저 731 관련자료 목록 작성에서부터 출발했다. 지금까지 발표됐거나 비록 발표되진 않았지만 검색하면 관련 내용이 있을 것으로 예상되는 자료, 리스트를 정리한 것이다. 그래서 1,000여 종의 목록(김창권 회장 소장)이 작성됐다.

두 번째의 작업은 진상조사 대상 기관을 선정하는 일이었다. 여러 차례 논의 끝에 국내의 경우 국방부, 군사편찬연구소, 국회도서관, 서울대박물관, 국사편찬위원회 등의 기관이 선정됐다.

각 진상조사 과정에서 국내외 자료 수집은 여러 가지로 미비했다. 당시 생체실험이 중국에서 시행되었을 뿐 아니라 전쟁당사자가 아니라는 점, 일본통치하에 발생했다는 점 등으로 인해 자료수집이 불가했거나 일본 측의 고의적인 폐기로 멸실돼 있어 국내에서의 자료수집 및 증언자 채집은 소기적인 성과를 거두지 못했다.

2) 국외

국외 자료조사는 미국, 러시아, 일본, 중국, 대만, 필리핀, 몽골 등 대상으로 김창권 회장의 현지출장 조사방법을 택했다. 이때 현지 전문가의 지원을 받기도 했다. 국외 조사에서 가장 비중을 둔 나라는 중국과 일본이다.

조선동포 여러분의 제보를 기다립니다!

731 세균전 피해자의 유족과 기타 관련된 제보를 기다립니다!
'특별이송'명단에 오른 조선인 간력:
1. 이기수(李基洙), 남, 28 세, 조선인. 원적:조선 함경북도 신흥군 동흥면(朝鮮咸镜北道新兴郡东兴面). 1941 년 7 월 20 일 간도성 훈춘현 춘화촌 태마구(间岛省珲春县春化村拾马沟)에서 체포되었음.
2. 한성진(韓成镇), 남, 30 세, 조선인. 원적:조선 함경북도 경성(朝鮮咸镜北道境城). 체포되기전 거주지:간도성 훈춘현 두황자툰 제 2 패(间岛省珲春县春化村杜荒子屯第 2 牌). 농민. 1943 년 6 월 25 일 체포되었음.
   ※ 한성진 형님의 이름은 한성춘(韓成春)이며 항일 첩보원으로 동시에 체포되었음.
3. 김성서(金조瑞), 남, 조선인. 원적: 조선 함경북도 길주면(朝鲜咸镜北道吉州面). 체포되기전 거주지:간도성 훈춘현 진안촌 마디다툰 제 8 패(间岛省珲春县镇安村马蔺达屯第 8 牌). 1943 년 7 월 31 일 체포되었음.
4. 고창률(高昌律), 남, 42 세, 조선인. 원적: 조선 강원도 회양군 란곡면(朝鲜江源道淮阳郡兰谷面). 체포되기전 거주지:간도성 훈춘가 대동구 제 9 패(间岛省珲春街大同区第 9 牌). 음식업에 종사했음. 1941 년 7 월 25 일 체포되었음.
   ※ 당시, 고병원(高柄院)은 고창률(高昌律)과 함께 체포 되었다가 훈방 처리되었음.
5. 심덕룡(沈得龙), 남, 조선인. 1943 년 10 월 대련 흑석초(大连黑石礁)에서 대련 헌병대에 체포되어 731 부대로 특별이송되었음.
6. 리청천(李淸泉), 남, 조선인. 1944 년 7 월 하이랄(海拉尔)헌병대로부터 731 부대로 특별이송되었음.
7. 김성배(金成培), 남, 25 세, 1917 년생, 본적: 경북, 항일연군 1 호군 13 단소속.
8. 김용권(金龙权), 남, 32 세, 1910 년생, 본적: 함경북도, 항일연군 1 호군 13 단소속.

련락처: 한국 731 조선인 희생자 진상규명위원회 회장 김창권
팩스: 822-712-8190　　전화: 8211-751-7400　　E-mail: mabulkim@hotmail.com
중국내 련락처: 0451-55687387 리녀사,　13074559988 김선생

흑룡강성 신문광고

중국자료 조사는 731부대가 실재했던 하얼빈 지역의 당사국이라는 점에서 그리고 유물 및 실제 자료가 많을 것이란 예상 때문에 심도 있게 추진했다. 자료수집 및 발굴에 도움을 준 곳은 중국의 731연구소(소장/김성민), 하얼빈 사회과학원, 무순시 사회과학원 등과 몽골 울란바토르 국방대학, 일본 ABC 기획위원회, 중국인 전투피해 배상청구단, 나라시 조선인강제연행진상조사단 등이다. 앞으로 러시아국립문서보관소, 러시아연방 기록관리청, 대외정책 문서보관소, 국방성 중앙문서보관소−키로프생물연구소 등과 미 국립문서보관소, 맥아더기념관, 미 육군군사연구소 등의 자료검색을 통해 관련 자료를 발췌하고 조사팀을 파견할 예정이다.

일본자료 조사는 731부대 당시 의무병이었던 와타나베 씨의 도움을 받아 일본 ABC 기획위원회, 중국인 전투피해 배상청구단, 나라시 조선인강제연행진상조사단 등에서 활동하는 사람들과 접촉했으며, 이 조사에서 몇 종의 자료를 입수했다. 일본조사는 와타나베 씨를 중심으로 한 생존자 및 희생자, 당시 의사(현 국제병원 원장) 등을 대상으로 한 증언 채록 조사도 함께 추진되었다. 국외 자료의 효율적인 발굴을 위해 해외담당 이사(조명애 박사)를 두었다.한편 해외 역사 규명에 대한 사례를 참고하기 위해 독일의 아우슈비츠 진상을 조사하여 참조했다.

3) 자료집 발간
국내외에서 수집한 방대한 자료를 분야별로 정리하여 펴낼 예정이다. 사건의 배경과 전개과정, 피해상황 등의 진상규명은 물론, 731부대의 실상을 파악하는 기초자료로서 활용하기 위해서이다. 자료집을 발간할 때 신뢰성과 사실성을 높이기 위해 영인본을 함께 수록하는 것을 원칙으로 삼는다.

나. 증언채록 조사

최근 구술사(Oral History)는 역사연구에서 그 중요성이 점차 부각되고 있다. 특히 731관련 사건처럼 특이한 사건의 진상규명을 위해서 반드시 필요한 작업의 하나가 바로 관련자들의 증언(구술)채록이다.

여기서 731부대 생체실험을 '특이한 사건'이라고 표현하는 것은 몇 가지 이유가 있다. 첫째는 인류가 경악할 만한 사건임에도 이 사건의 실체를 규명할 중요한 자료가 묻혀 있다는 점이다. 둘째는 반세기 동안 구체적이고 종합적인 진상조사 작업이 없었을 뿐만 아니라, 상당 기간 억제되어 왔다는 점이다. 셋째는 사건의 성격에 대해 아직도 보는 시각에 따라 의학적 목적과 잔인한 인권침해의 대립 구도를 보이고 있다는 점이다. 따라서 사실 규명을 확실히 할 수 있는 단서를 찾기 위해 동시대 체험자들의 구술이 필요했다.

증언조사는 누구를 대상으로 할 것인가 하는 대상자 선정에서부터 어려움이 있었다. 그것은 사건의 현장에 가까이 있는 사람들을 우선 선정하되 균형성을 고려해야 한다는 고민이 있었기 때문이다. 우선 생존자를 찾는 게 급했다. 그러나 관계자인 일본인들은 설사 생존해 있다고 하더라도 자국에 대한 충성심이나 죄의식 등으로 인해 증언하기를 꺼렸다. 또 피해자의 자손들은 중국이나 필리핀,

몽골, 러시아 등 각 지역에 흩어져 있어서 찾아내기가 힘들었다. 특히 한국인 희생자는 대부분 북한지역 출신이라 접근에 상당한 애로가 있었다. 북한 관련자들과 이 문제를 상의하고 그들도 흔쾌히 피해자 유가족들을 찾아보겠다고 하였으나 아직 별다른 진전이 없는 실정이다.

모든 증언은 녹음기로 녹취하고 캠코더로 녹화하는 것을 원칙으로 삼았다. 조사팀은 해당 증언자의 주변 사건에 대한 종합적인 자료를 준비, 기초적인 설문을 마련했다. 증언조사는 개인적인 체험담을 자유롭게 이야기하도록 한 뒤, 준비된 설문에 따라 질의 응답하는 식으로 진행되었다. 이 증언조사는 55~60년 전의 사건을 증언자들의 입을 통해 생생히 드러냈다는 이점도 있었지만, 기억의 한계성과 현재에서 과거를 보는 기억의 선택성으로 혼선을 빚는 부분도 있었다. 특히 증언내용 가운데는 사건 발생시점에서 오락가락하는 사례가 많았다. 가장 중요한 기준은 그 증언이 사실에 부합하는 것인가를 판단하는 문제였다. 이것은 단순히 한 증언자의 이야기로만 규명할 수 있는 것이 아니었다. 다른 증언자의 증언내용과 각종 문헌자료의 내용에 대한 비교 검토, 당시 시대상황에 대한 해석 등 종합적인 분석이 필요했다. 즉 교차검토(Cross Check)를 해야 했다는 것이다. 이뿐만 아니라 해당 증언자의 신뢰도에 대한 검증도 함께 실시했어야 하나, 증언자의 수가 제한적인 관계로 검증이 불가했다.

1) 자료수집 기관과 국가
- 국내(19)_ 국회, 통일부, 국방부, 정부기록보존소, 국사편찬위원회, 군사

편찬연구소, 중앙도서관, 각 언론기관
- ■ 국외(7)_ 미국, 러시아, 일본, 중국, 대만, 몽골, 필리핀

2) 수집 자료 분포상황
- ■ 연감/군경/법령/일반 재판판결문/정부기관 발간물/연구저서/단행본/수록 논문/회고록/전기/영상물/사진첩/외국 번역물/문학 작품/증언채록 자료/관보/기사/논설/기고문/기타
- ■ 미국 자료/러시아 자료/일본 자료/중국 자료/ 내만 자료/몽골 자료/필리핀 자료/북한 자료

3) 증언자의 출신성향
- ■ 의사/전직 군인/경찰/미국인/일본인/중국인/필리핀인/몽골인/재일 동포/재중 동포/기타

다. 검증 및 분석 작업

증언이든 문헌자료든 그것이 진실일 때 사료의 가치가 있다. 따라서 각종 자료의 진위를 가리는 일이 무엇보다 중요했다. 731부대사건을 다룬 기존의 기록 가운데는 실제의 사실과 다르게 기술한 자료들이 적지 않을 것으로 예상했다. 일부에서는 이런 기록들을 과장—축소하거나 왜곡하여 반복—인용하는 사례도 많이 발견되었다. 김창권 회장에게 있어서 이 문제를 어떻게 극복하느냐는 것도 중요한 과제의 하나였다. 그래서 어떤 자료나 증언이라 할지라도 그것이 진실인지 아

닌지를 가려내는 일에 심혈을 기울였다. 그것을 극복하기 위한 방법의 하나가 앞에서 밝힌 교차검토 검증작업이었다. 이때에 문헌자료와 증언은 상호보완적이라 할 수 있다. 왜곡되었거나 오류를 범한 내용일지라도 한 번 활자화된 자료는 시간이 지날수록 정설로 굳어지기 쉽다. 다른 자료로 반증할 수 없는 경우엔 더욱 그렇다. 이를 극복할 수 있는 게 바로 증언 조사였다. 그러나 증언은 새로운 사실을 알려줄 많은 가능성이 있음에도 불구하고, 오랜 시간이 지난 탓에 수치나 날짜 등이 불분명하고 혼돈을 일으킬 가능성 또한 있다. 이를 해소하면서 실마리를 찾게 해주는 게 문헌자료이다. 따라서 자료와 자료, 문헌자료와 증언 사이를 교차하면서 검증에 검증을 되풀이 할 수밖에 없었다. 이를 위해서 컴퓨터를 이용해서 다량의 정보를 검색할 수 있는 데이터베이스(DATA BASE) 프로그램 개발이 필요하다. 입수된 각종 자료와 증언 내용들을 주제별로 컴퓨터에 입력시키고 사건의 날짜, 지역, 주제, 인명, 단체 등 여러 형태로 검색할 수 있는 프로그램 시스템을 만들어야 하는 것이다. 조만간 아래와 같은 내용을 주테마로 프로그램을 개발하여 집적화 할 것이다.

① 60여 년의 진상규명 역사
② 731부대와 사건의 정의
③ 731부대 설립의 배경과 원인
④ 일본정부의 개입범위와 역할
⑤ 731부대 조직과 활동
⑥ 조선인 마루타 수

⑦ 전체 사망자 수

⑧ 가해자 통계구분

⑨ 731부대에 의한 피해

⑩ 이시이 및 관련자들의 행적

⑪ 집단피해 지역 및 물적 피해

⑫ 전범재판의 적법여부

⑬ 배상문제 및 진상규명 특별법

⑭ 생산된 생물무기 종류

⑮ 종전 후 미군의 개입과 역할 등

02 731부대 설립 배경과 기점

1. 731부대 설립 전후의 상황

일본은 1905년 러시아와 맺은 포츠머스 조약에서 군 주둔권을 승인받았다. 이때 생긴 것이 관동군이다. 관동군은 남만주에서 일본의 권익을 지키고 남만주철도 등을 경비하기 위하여 뤼순(旅順)에 주둔했다. 이후 관동군은 일본의 대륙 진출의 교두보로서 전략적으로 큰 비중을 차지하였다. 더구나 대륙침략의 강경파들이 사령부 참모의 중심부를 이루었는데, 이들은 중국혁명의 진전과 함께 독자적인 정치·군사 공작에 착수, 장쭤린(張作霖)의 폭사사건을 일으키고 만주사변 등을 주도하였다. 일본군은 1932년 초까지 거의 만주 전역을 점령하고, 같은 해 3월 1일에는 일본의 괴뢰국가인 만주국을 만들고 만주를 병참 기지화 했다. 국제연맹은 중국 측의 제소에 따라 리턴조사단을 파견하고, 그 조사보고서를 채택, 일본군의 철수를 권고하였으나, 러허성(熱河省)을 점령한 일본은 이를 거부하고 1933년 3월 국제연맹을 탈퇴하였다. 이를 계기로 일본은 정당내각에 종지부를 찍고 파시즘 체제로 전환, 1937년의 중일전쟁을 일으키고 1941년의 태평양전쟁에 뛰어들었다.

731부대를 관할하던 관동군은 일본이 만주를 지배하는 동안 산동반도 및 만주에 주둔하는 전 일본육군을 장악하였다. 그 후 관동군은 대 중국전뿐만 아니라 대 소련 전에 대비하여 병력을 증강했으며, 1941년에는 약 70만의 대군이 되었다. 1943년 제2차 세계대전 중 전세가 위급해지자 관동군은 남방과 일본 본토로 많이 이동하여 세력이 약화되었으며, 1945년 소련이 침공할 때에는 한반도 북반부인 38선 이북 지대까지도 방위지대로 삼았다. 1945년 일본의 항복과 더불어 관동군은 붕괴되었다.

2. 세균전의 의미와 731부대 창설배경

세균전이란 사전적 의미에 따르면 생물학무기(BIOLOGICAL WEAPON) 즉 질병 매개체를 포함한 생물학적 작용제에 의해 생물을 살상·가해(加害)하는 무기를 말한다. 카르타고의 하니발 장군은 기원전 184년 페르가몬의 유메네스 왕과의 해전을 준비하면서 흙으로 만든 항아리에 코브라 등 맹독성 뱀을 가득 채워 적들이 타고 있는 배에 항아리를 던지는 방법으로 전쟁을 승리로 이끌기도 했다. 기원전 1세기에는 스키타이 궁수들이 퇴비나 썩은 시체에서 흘러나온 물을 화살촉에 적셔서 쏘기도 하였으며 동서양을 막론하고 살상용 독화살촉이나 단검 등의 무기는 드문 일이 아니었다. 14세기 유럽에서 창궐한 페스트는 3,000만 명의 생명을 앗아갔으며, 아즈텍 문명과 잉카문명은 두창에 의하여 멸망했다. 1710년에 러시아군은 페스트로 죽은 사람의 시체를 스웨덴군 주둔지에 투입하기도 했는데 물에 독약을 타는 방법은 6·25와 1, 2차 세계대전에서도 자주 사용하는 방법이었다.

1차 세계대전이 발발하자 독일군은 탄저병과 비저병에 걸린 가축을 이용하여 미군 등에 사용하였으며 이탈리아와 러시아에 콜레라를 전파하기도 했으나 부인했다. 1925년의 제네바 협정에 의하여 전쟁 시 생물무기와 화학무기의 사용을 금하기로 하였으나 거의 효력을 발휘하지 못하고 있는 형편이다.

제2차 세계대전에서 일본군의 731부대는 바로 이런 세균전에 대한 정점을 이룬다. 만주에서 생체실험을 행한 일본군 특수부대 중 가장 악랄한 것이 731부대이며, 그 외에도 여러 부대에서 생물무기 관련 연구를 진행하였다. 1932년부터 1945년까지 일본군은 중국, 러시아, 필리핀, 한국, 몽골, 호주 등의 죄수들을 대상으로 탄저병, 브루셀라, 콜레라, 이질, 뇌수막염, 페스트 등의 인체실험을 실시하였다. 독일도 제2차 세계대전 중 리케차, A형 간염 바이러스, 말라리아 등의 인체실험을 진행하였으나 사용을 하지 않은 것으로 보인다. 영국 또한 1942년 스코틀랜드 연안 그루이나드 섬에서 탄저병이 실린 작은 폭탄을 터뜨리는 실험을 실시한 것으로 알려져 있으며 미국도 예외는 아니다.

일본은 중국대륙을 가장 효과적으로 점령하고자 하였다. 중일전쟁, 러일전쟁 등으로 피로가 누적되고 군수물자의 부족 등으로 새로운 모색이 필요하였다. 최소의 자원으로 최대의 효과를 얻어야 전쟁에서 승리할 수 있는 것이었다. 전차, 비행기, 독가스 등 유럽 전선에서 사용된 근대무기를 눈여겨 본 일본군은 전력의 수준 차에 강한 쇼크를 받았다. 일본은 곧 신속하고 효과가 큰 특수 무기로 일거에 적군을 타멸할 수 있는 방안을 찾아냈다. 바로 세균전이었다. 이시이 시로(石井四郎)는 이 작전의 적임자로 지명 받았다. 이시이는 교토(東京)대학 의학부를 졸업하고 1927년 의학박사 학위를 받았으며 1938년 3월, 육군 군의대좌로 임관되었다. 이후 육군 군의소장, 제1군 군의부장을 거쳐 1940년 8월에는 관동군방역급수부장에 임명되어 731부대의 생체실험을 총괄하였으며, 1945년 육군중장으로 종전까지 관동군방역급수부장으로 근무하였다. 그는 생체실험 자료를 종전 후 미국에 넘겨주는 조건으로 전범재판을 면제받기도 했다. 이시이는 뇌막염 발발이 동시 다발적이지 않을 때 사용되는 효과적인 수박(Water Filter)을 개발함으로써 유명해졌다.

이시이는 도쿄대학, 게이오대학 등의 동료들을 모아 세균무기 개발에 나섰는데 일본 녹십자를 창설한 나이토이치(內藤良一)도 있었다. 이시이는 1932년 중국 하얼빈시 외곽의 베이인허(背陰河)에 731부대의 전신인 도고(東鄉)부대를 설치하고 생체실험을 실시하였으나 포로가 탈출하는 바람에 일단 폐쇄하였다. 생체실험을 본격 연구하게 된 731부대는 1938년 하얼빈시 핑팡(平房)구에 건설되었다. 일본은 이 지역을 '특별군사구역'으로 지정하였으며 핑팡을 통과하는 기차는 전 역에서부터 커튼을 내려야 했으며 승객 중 밖을 내다보는 자가 있으면 체포하였다. 지역 내 거주자는 16세 이상일 경우 남녀를 막론하고 경찰서에서 발급하는 특별거주증명서를 소지해야 했다. 그렇지 아니하면 헌병대로 압송되어 신문 받았다. 731부대의 정식 명칭은 '관동군 방역급수부 본부'였다. 표면에 건 간판은 급수 방역이었지만 실제로는 세균무기의 개발 연구를 위한 기관이었던 것이다. 731부대는 부대의 안전과 비밀을 보장하기 위해 대외로 '가무부대', '석정부대'라고 부르기도 하였다. 일본육군참모본부는 731부대를 건립하는 동시에 신징에 100부대를 건립하였다. 그들은 노구교사변 후 중국의 화북(華北), 화중(華中), 화남(華南) 등 지역에 세균전부대를 건립하였다. 그 중 중요한 부대는 베이핑(北平)의 베이지지아(北支甲) 제 1855부대, 난징(南京)의 '영'자(榮'字)제 1644부대와 중국광주의 '파'자(波'字) 제8046부대이다. 그 외 싱가포르에도 한 개의 세균전부대를 건립하였다.

3. 731부대의 편성

731부대는 부대장 이시이가 주로 운영했으나 독직사건으로 1942년 8월부터 1945년 3월까지는 기타노마사지(北野政次)가 맡았다. 부대 편성은 세균연구부, 세균제조부, 총무부 등 전 8부로 구성되어 있었지만 핵심그룹은 1부에서 4부까지였다. 로_ㅁ(ㅁ자 형태로 만들어져 있음)이라 부르는 호동 안에는 제1부인 세균연구부와 제4부인 세균제조부만 있었다.

가. 각 부서 책임자 및 세부 업무
〈제1부 세균연구부〉
부장/기꾸치히토시(菊地齊)
티부스과/다베이가즈(田部井和)
콜레라과/미나토마사오(湊正男)

상과/요시무라히사토(吉村壽人)

이질과/에지마심페이(江島眞平)

페스트과/다카하시마사히코(高橋正彦)

병리과/오카모토게이조(岡本耕造), 이시카와다치오마루(石川太刀雄丸)

윌스과/가사하라시로(笠原四郎)

결핵과/니키히데오(二木秀雄)

탄저과/오타기요시(大田登)

천연두과/기호인아키오(貴寶院秋雄)

라케치아 및 벼룩과/야고게이이치(野口圭一)

약리연구과/소우미헤이후(草味正夫)

혈청과/나이가이(內海)

X-선과/제이타(在田)

〈제2부〉

부장/오타기요시(大田登)

식물절멸연구반/야키사와유끼마사(八木澤行正)

곤충연구반/다나카에이오(田中英雄)

항공반/마스다미호(增田美保)

〈제3부〉

부장/에구치호게쓰(江口豊潔)

운수반/하얼빈시 난강(南崗)에 있는 육군병원에 위치, 이시이식 여수기 및 페스트균을 넣을 수 있는 도기형 폭탄 용기도 제조했다.

〈제4부〉
세균제조부
부장/하가와시마기요시(川島淸)
세균제조반/가라사와도미오(柄澤十三夫)
발진티부스 및 왁찐 제조반/아사히나마사지로(朝比奈正二郎)
아리따친 반/아리타마사요시(有田正義)
〈교육부〉
부대원 교육을 담당
〈총무부〉
총무 인사 회계 등 총괄업무 담당
〈자재부〉
실험용 자재 담당
〈진료부〉
부속병원 부대원의 진료
〈실험동 로_ㅁ 호동〉
세균배양 제조를 위한 냉난방 설비동
〈특설감옥 7동/8동〉
실험재료로 체포된 사람들을 격리 안치

4. 세균감염 시험 및 생체해부 실험

가. 세균의 종류

말라리아균, 페스트균, 탄저균, 콜레라균, 티부스균 등.

나. 감염 방법

주사, 음식물 등에 섞는 방법으로 마루타를 병원균에 감염시킴.

다. 생체해부 실험

1) 생체 해부

균이 살아 있는 인간의 장기에 어떤 영향을 미치는가를 조사하기 위해 마루타가 죽기 전에 생체해부를 함.

2) 건조 및 아사 실험

마루타를 건조기에 넣어 수분을 어느 정도 빼내야 죽음에 이르는가 또는 단식, 단수에 의해 죽음에 이르게 되는가 하는 실험.

3) 전채혈 실험

난징 소재 1644부대 같은 곳에서는 세균에 감염시킨 마루타의 혈액을 모두 추출하는 전채혈(全採血) 실험을 시도함.

4) 매입법 실험

피 실험대상의 피부를 벗겨낸 후 세균을 근육 속에 묻는 실험.

5) 관균 실험

페스트, 탄저 등 각종 세균을 밥과 요리에 혹은 과일과 음료수에 바르거나 투입하는 실험.

6) 동상, 동사 실험

마루타를 동상에 걸리게 하여 치료법을 연구. 겨울에 알몸 혹은 얇은 옷 하나만 걸친 채로 밖에서 냉동시켰고, 여름에는 냉동실에 넣어 실험함. 냉동이 되면 냉수를 붓거나 온수에 담그며 때로는 끓는 물에 녹였음. 피실험대상의 동상부위에 각종 약품을 발라 병변과정을 관찰하였으며 섭씨 37도의 온수에 담갔을 때 동상치료 효과가 제일 좋았다는 결론을 얻음.

7) 독가스 실험

유리 실험실에 마루타를 집어넣고 독가스로 죽어가는 경과를 다큐멘터리나 그림으로 기록하는 실험.

8) 야외 실험

하얼빈 130km 떨어진 안따(安達) 야외실험장에서 마루타를 나무 기둥에 묶어 놓고 비행기로 세균폭탄을 투하하고, 그 효과를 살펴보는 등 세균무기 개발을 위한 실험.

9) 동물 사육

페스트균에 감염된 벼룩을 대량사육 함. 페스트균을 주사한 쥐에 벼룩을 모아 페스트균에 감염된 벼룩을 인위적으로 만들어 냄. 이시이는 그의 셋째 형인 이시이산난(石井三男)을 반장으로 임명하여 쥐를 위주로 한 각종 동물사육을 책임지게 함. 생산 능력은 페스트균을 매달 300kg, 콜레라균 700kg을 생산할 수 있음. 1941년 5월 제4부 제1과에서 탄저균, 페스트균을 수백 kg 제조하였고, 1942년 7~9월에 상한 콜레라균을 약 70kg을 제조하여 항공편으로 난징 1644부대로 보내 중국군민을 살해하는데 사용함. 또 대원 18명이 150개 석유통에 벼룩을 번식시켜 배양한 900cc 벼룩과 200마리 쥐를 동시에 창떠(常德)에 보내 중국군민을 살해함. 전파 매개물인 이를 얻기 위해 나이 많은 노무자를 음침한 방에 가두고 사시사철 옷을 갈아입지 못하게 하고 목욕을 못하게 하면서 그들의 몸에서 이가 번식되게 하였음.

10) 운송수단

간첩, 암살행동을 전문으로 하는 자들을 위해 도자기 같은 세균용기를 특별히 제작하였고, 한편으로 권총식, 지팡이식, 만년필식, 완구식 소형무기도 제작함. 1947년 미 육군 조사관의 보고서에는 '1936년부터 1943년까지 부대에서 만든 인체 표본만 해도 페스트 246개, 콜레라 135개, 유행성출혈열 100여 개 등에 이른다. 생체실험의 내용은 세균실험 및 생체 해부실험 등과 동상 연구를 위한 생체 냉동 실험, 생체 원심분리 실험 및 진공 실험, 생체 총기 관통 실험, 가스 실험 등이었다.'고 진술되어 있음.

5. 세균무기 사용

가. 하라하강 장티푸스균 살포

1939년 8월, 731부대는 '용감대'를 결성해서 일본과 소련의 교전지인 노문

한으로 비밀리에 접근함. 교전 중 대량 세균폭탄을 발사하였고 철수하면서 하라하강의 상류에 장티푸스 세균을 살포하여 수원을 오염시켰음. 그 결과 많은 소련과 몽골 군인들이 중독되었고 가축들이 대량 살해됨.

나. 저장성, 호난성 등에 페스트균 살포

1940년 저장(浙江)성의 취처우(衢州), 닝보(寧波), 진화(金華)에, 1941년에는 호난(湖南)성 창떠에 페스트균에 의한 세균전을 벌임. 실전방법은 비행기로 곡물 등에 페스트를 섞어 투하함. 사망자는 24명, 41년부터 2,3차 감염에 의해 주변지역으로 전파되고 사망자의 수는 계속 증가했으며 취처우 인근, 약 20km 떨어진 타오위안(桃源) 쓰꿍(石公) 등에도 전파됨. 731부대는 전쟁에서 처음으로 세균무기를 사용하면서 준비 부족과 경험 부족으로 자체 1개 사단 병력이 세균감염 당한 사례가 있음. 1948년까지 페스트가 유행했음. 1940년부터 1948년까지의 8년간 페스트, 콜레라, 티푸스, 파라티푸스, 이질, 탄저 등 전염병의 발병자는 누계 30만 명, 병사자는 5만 명에 달함.

다. 저장성, 쟝시성의 세균전

1942년에는 저장 성에서 쟝시(江西) 성에 이르는 저장선 철도에서 페스트균, 콜레라균, 티부스균 등에 의한 세균전을 벌임. 이때 세균을 섞은 떡을 주민에 나눠 주고 우물에 세균을 투입하는가 하면 쌀과 보릿쌀 등에 세균을 넣고 세균을 주사한 쥐를 방사함. 731부대원들은 방호마스크를 쓰고 저장성 이오현 승산촌에 들어가 마을 주민 이취봉 씨의 병든 며느리를 마을 밖으로 끌고 가서 그 자리에서 복부를 해부하고 내장을 꺼내 세균전염 효과를 검사함.

라. 광둥지역 식중독균 식음
광둥(廣東) 지역 홍콩 난민에게 식중독균을 섞은 국을 먹게 하여 학살.

마. 산둥지역 콜레라균 살포
산둥(山東)지역에서 강의 제방을 붕괴시켜 콜레라균을 함께 흘려보내 오염지역을 만들어 냄.

6. '6인'의 조선인 마루타

1) '심득룡/ 처음으로 신원이 확인된 조선인 마루타. 1943년 당시 중국과 소련 공산당 정보요원으로 활동했다.(아래 참조)
2) 이청천/항일투사. 1944년 7월 중국과 몽골 국경 지대에 있는 네이멍구 지치구의 하얼빈에서 반일 독립운동을 펼치던 중 체포됨.
3) 이기수/(이하 체포 당시 나이 28세 · 함북 신흥군 동흥면, 1943년 7월 20일 체포, 김창권 회장이 영정사진을 확대하여 보관하고 있음)
4) 한성진/(30 · 함북 경성, 1943년 6월 25일 체포)

5) 김성서/(함북 길주면, 1943년 7월 31일 체포)

6) 고창률/(42 · 강원도 회양군 난곡면 · 1941년 7월 25일 체포)

이기수 이하 4명은 모두 길림성 훈춘에 살고 있을 당시 일본 헌병대에 체포됨. 고창률은 1941년 소련을 위해 일본군 정보를 수집했음. 그 뒤 비밀 활동이 탄로 나자 체포될 위험이 있으니 잠시 피하라는 상부의 지시를 받고 가족을 데리고 훈춘에서 하얼빈으로 대피하던 중 일본 헌병대에 체포됐음. 일본군 헌병대는 고창률에 대해 "소련의 명령을 받고 활동했으며 공작금으로 백 수십만 원을 타고 (받고) 만주 일대를 다니며 간첩활동을 자행해, 남겨둬 봐야 역첩보 활동을 할 가치가 없으니 '특별이송' 함이 적당하다"고 기록하고 있음. (하얼빈시 사회과학원 731연구소 제공)

조선인 마루타 심득룡

처음으로 신원이 확인된 조선인 마루타는 1943년 당시 중국과 소련 공산당 정보요원으로 활동했던 심득룡(沈得龍) 씨다. 현재 대련시 당안관에 보존돼 있는 〈1943년 10월 16일 일제 대련헌병대(정찰 체포 심문)에 관한 지하공작원 심득룡 외 3인의 보고〉 자료를 보면 심씨가 '소련 홍군 참모본부에서 무선전보 첩보로 활동해 온 소련 공산당원'이라고 적혀 있다. 심 씨에 관한 또 다른 하나의 문건은 1988년 중앙 당안관에서 발견된 '제731부대 특별수송 정황'이다. 여기에도 심 씨의 이름과 주소, 조선족 출신이라는 것이 기록되어 있다. 또 731부대로 이송된 125명의 명단 가운데 조선인이 3명이나 있다고 한다.

심 씨는 1911년 5월 29일 중국 동안성(지금의 흑룡강성) 요하현에서 태어났다. 그는 아홉 살 되던 해 아버지와 어머니를 잃은 후 동생 심금룡과 의지하면서 살아왔다. 1929년 4월, 18세가 되던 해 삼촌 심일성, 황 모 씨의 소개로 중국 공산당에 가입하고, 지방에서 일하기 시작했다. 1934년 그는 동북 항일인민혁명군 소대장 겸 청년단 책임을 맡았다. 그러나 같은 해 의지하며 살아 왔던 동생 심금룡(당시 15세)씨가 일본 침략군 토벌대에 의해 체포, 살해되고 말았다. 의지할 곳이 없어진 그는 인민혁명군 정치부 이두문 추천에 의해 소련 공산대학에 들어가게 되었다. 우수한 성적으로 대학을 졸업한 그는 1938년 소련 홍군 참모본부에서 공산대학 졸업생 중 일부 학생을 선발해서 실시한 무전에 관한 정보교육을 받기도 했다. 그 후 1940년 3월 27일, 심씨는 모스크바를 떠나 아라본토(지금의 카자흐스탄)와 신강을 거쳐 중국으로 돌아왔다. 그는 팔로군 군관 신분으로 연안에 도착한 후, 중공 중앙 사회부 상보진 부장과 소련 공산당 기관 진리보 책임자를 만났다. 그 후 현재 하북성 근처의 기중구로 이동했다. 이곳에서 중공 기중구 사회부 부장 상보진은 심 씨를 천진으로 데려가 왕요헌이라는 사람에게 심 씨를 공장에 취업시켜 공작활동을 할 수 있도록 편의 제공을 부탁했다. 상보진은 주민등록증과 대련으로 갈 수 있는 여권을 마련해 합법적인 모든 수속을 거친 후 심 씨와 함께 하얼빈, 대련에 있는 소련 영사관에 가서 공작 활동을 하기 시작했다. 그리고 대련에서 정보활동을 할 수 있는 곳을 물색하기도 했다. 왕요헌이 모든 비용을 일체 부담하기로 하고 대련에 있는 흑석초에 흥아 사진관과 남산지구에 부흥 문구점을 차려 경영했다. 왕요헌의 친척인 이진성에 의해 사진기술도 배웠다. 여기서 그는 친척과 친구, 고향 사람 등 약 20명을 소개해주어 정보활동을 할 수 있는 정보거점으로 발전시켰다. 이때 심 씨는 심양, 본시, 천진, 북경에도 정보 거점을 넓혀 나갔다. 당시 그가 경영했던 가게들은 왕요헌과 왕학년의 이름으로 운영했다. 당시 심 씨는 진원, 이경춘, 이성화라는 별명으로 활동했다. 그가 중국과 소련의 정보요원으로 활동할 수 있었던 것은 중공 중앙 사회부와 전 소련 홍군 참모본부의 공동 사업에 의한 결과였다. 중국과 소련은 일본 침략자와 투쟁하기 위해서 1941년 공동으로 대련에서 국제 정보거점을 만들었기 때문이다. 당시 중공 지중구 사회부장 장국건은 "내가 중공 지중구 사회부 영도공작을 할 때 당 중앙 사회부 허건국 부장의 명령에 따라 당 중앙 사회부에서 파견한 진원(심득룡) 동지를 적군이 많은 지역인 대련으로 보냈다. 그때 상급에서 지시하기를 진원 동지는 국제 형제당 당원이고, 우리 당 중앙 사회부 지하 정보공작을 책임진 영도 간부이기 때문에 반드시 아무 차질 없이 목적지에 보내라고 했다. 그때 당 중앙에서 준 임무를 성공적으로 수행했다."고 회고하기도 했다.

대련에서 무전 공작이 순조롭게 진행되던 1943년 4월 어느 날, 심 씨에게 문제가 발생했다. 장춘에 위치한 관동군 86부대 헌병대가 운영하는 무선 통신 수색반이 흑석초(만주의 지명)에서 소련의 스파이가 무전으로 교신하고 있다는 정보를 감지했다. 흑석초 홍아 사진관에서 무전을 치고 있던 사람은 다름 아닌 심 씨였다. 당시 조선 사람들 중에서 소련 스파이가 되어 활동하고 있는 사람은 여러 명이었다고 한다. 일본 헌병들은 심 씨를 조사한 결과 모스크바에서 무선 통신 교육을 받았고 중공 본부가 있던 연안을 거쳐 천진에서 대련으로 들어온 것을 밝혀냈다고 한다. 만주 86부대 소속인 과학 수사반은 신징에 있었다. 이 수사반의 임무는 수상한 전파를 탐지해 소련의 무전 첩자를 찾아내는 일이었다. 그밖에 독물반, 지문반, 사진반 등이 있었다. 헌병대는 6개월 동안 연합 정찰을 펼친 끝에 흥아 사진관의 위치를 확인했다. 1934년 10월 1일, 운명의 밤이 다가왔다. 86부대의 대련 헌병대와 정찰 부대, 과학수사반 70여 명이 7개조로 나누어 흥아 사진관 주변을 에워쌌다. 그리고 전보 발신을 마치고 나오던 심 씨를 체포했다. 사진관에 있던 심 씨의 부인과 이진성 내외, 또 다른 직원 한 명이 같이 체포되었다.

이 날의 사건으로 당시 심양, 본시, 천진, 북경에 있던 나머지 무전 공작을 위한 위장 정보거점들도 큰 타격을 받았다. 일본군 대련 헌병대에 체포된 무전 공작원은 모두 7명이었다.

심 씨를 비롯한 왕요헌과 왕학련, 이진성, 이충선, 류만회, 양학례 등 조선인과 중국인들이었다. 이 중 심득룡, 왕요선, 왕학련, 이충선 등 4명은 이듬해 1944년 대련 헌병대로 압송되어 731부대로 끌려간 후 심한 고문을 당한 채 소식이 끊어지고 말았다.

7. 특별수송

'마루타'와 같은 뜻으로 731부대의 전문용어임. 뜻은 731부대로 마루타를 운송한다는 것. 마루타는 일본관동군 하얼빈헌병대, 일본 하얼빈주재 영사관 혹은 관동군 정보부로부터 끊임없이 조달 받음. 압송도구는 기차나 731부대가 자체 개발 조립한 트럭을 이용했으며 마루타에게 일본 군복을 입혀 위장함. 731부대 도착 후 특별 감옥인 7호, 8호 두 건물로 영치함.

8. 증거인멸 작전

패전이 다가오자 194 5년 8월 13일 이시이는 다음과 같은 명령을 하달함.

1) 731부대 본부는 폭파하고 포로는 전원 살해하라.

2) 731부대에 재적했던 사실을 은닉할 것(내지 보작(保作)은 절대로 드러내지 말 것)

3) 공직 복귀를 금함.

4) 부대원 상호간 연락하지 말 것.

이 근거는 1942년부터 45년 3월까지 731부대의 2대 부대장을 지냈던 기타노 마사지(北野政次) 중장 앞으로 보내는 연락사항으로 패전 후 군관계자가 자택에 보관해 왔던 서류가 발견되어 알려졌다. 내용을 보면 앞머리에 '내지 보작(保作) 은 절대로 드러내지 말 것'이라고 기재돼 있는데 '내지'는 '마루타'를 뜻하는 것이 며 '보작'은 세균작전을 가리키는 암호다.

이시이는 감금 중인 400여 명의 피 실험 예비자들을 독가스로 살해한 뒤 시체 를 8개 구덩이에 끌어다 휘발유를 뿌려 불태워 버렸다. 불에 탄 시체를 당장 묻 어버리기도 하고 포대에 담아 송화강 물속에 던지기도 하였다. 이시이는 문제가 될 소지가 큰 서류들을 전부 소각하고 실험 극비자료는 몸에 지닌 채 비행기를 타고 일본으로 도망쳤다. 731부대는 도망하면서 고의적으로 페스트균이나 콜레라균을 지닌 쥐 등의 동물 등을 방치하거나 풀어놓아 1946년 평방지구에 페스트가 유행케 하여 103명의 목숨을 또 앗아갔다.

9. 핵심세력 및 전범재판 면제자

1) 동상실험의 요시부라히사보(吉村壽人) 교도 부립의괴대학 학장
2) 병리의 오카모토게이조(岡本耕造) 교토대학 의학대학 학장
3) 병리의 이시카와다치오마루(石川太刀雄丸) 가네가와(金澤)대학 의학부 부장
4) 고바야시 로쿠조 일본 국립 방역연구소 소장
5) 나카구로 히데토시 국방 의학대학 총장
6) 나이토 료이치 녹십자 회장
7) 기타노 마사지 녹십자 대표이사
8) 가수가 추이치 트리오 – 켄우드 회장
9) 요시무라히사토 교토의학대학 총장
10) 야마나카 모토키 오사카대 의과대학 총장
11) 다나카 히데오 오사카대 의과대학 학장

미국 플로리다 주에 본부를 두고 있는 인권옹호단체 피억류자 제권리센터는 현재 생존해 있는 관련 구일본군이 200명이라고 밝혔다. 이들 구 일본군 명단은

미 법무부 특별조사국에 보고돼 있다. 피억류자 제권리센터 헤어 국장은 "전후 벌어진 도쿄재판에서 구 일본 전범에 대한 수사는 관대했다."고 증언했다. 이시이를 포함해 이 부대 관계자들은 전범죄자로 기소되지 않았다. 전후에 열린 도쿄 전범재판에서 'A급 전범'으로 사형을 선고받고 교수형에 처해진 인물은 육군대신 도조 히데키 등 7명에 불과했다.

10. 종전 후 처리

이시이는 2차 대전 종전 직후 일본에 진주하는 미국 등 연합군을 세균으로 공격하는 방안을 검토했다. 이 같은 사실은 이시이가 종전 다음날인 1945년 8월 16일부터 26일까지의 상황을 대학노트에 정리한 '1945-8-16 종전 당시 메모'에서 밝혀졌다. 731부대가 2차 대전 종전 직전 특공대를 이용해 세균공격을 준비했던 사실은 알려져 있으나 종전 후에도 부대장이 공격 가능성을 검토한 사실이 확인된 것. 메모의 기록은 매우 단편적이어서 공격계획이 실제로 어디까지 구체화되었는지는 분명치 않다. 그러나 메모에는 731부대의 전후처리 방침과 처리경위가 기록돼 있다.

"되도록 많이 내지(일본)로 수송할 방침. 마루타-PX는 먼저"라는 기록도 보인다. PX는 페스트균에 오염된 벼룩을 가리킨다. 또 "'사가미(相模) 만에 25일 미군 상륙 전국에 살포", "돌아가는 범선으로 인원, 기재 수송이 가능할 전망"이라고 적어 세균무기를 이용한 공격 가능성을 언급하면서 미군이 진주하기 전에 세균

관련 요원과 기자재 수송을 검토한 경위도 적혀있다. 그러나 미군 선발대가 일본에 도착하기 이틀 전인 8월 26일 우메즈 요시지로(梅津美治郎) 육군참모총장과 가와베 도라시로(河邊虎四郎) 참모총장이 "개죽음은 그만 두자. 조용히 때를 기다리라."고 지시한 것으로 돼 있어 육군 수뇌부가 계획을 말린 것으로 돼 있다. 이 메모는 재미 일본인 저널리스트가 이시이부대 군속 출신에게서 입수해 공개했다.

또 731부대 연구가인 가나가와 대학의 스네이시 게이치(常石敬一) 교수는 마루타운송 관련 기록에 대해 "포로를 산재로 일본으로 보낼 생각을 했을 가능성보다는 생체실험을 하면서 만든 병리표본을 가리키는 것으로 보인다."고 말했다.

이시이는 전후 도쿄 국제 군사 법정에 기소되어 재판을 받으며 '마루타가 총 3,850명이었으며, 그 가운데 러시아인이 562명, 한국인이 254명, 나머지는 모두 중국인"이라고 진술한 바 있다.

11. 이시이와 미국

전후 미군은 731부대의 인체실험 자료와 맞바꾸는 조건으로 이시이, 기타노 마사지(北野政次) 중장을 비롯한 731부대원의 전쟁범죄를 묵인했다. 미국은 냉전의 위협에 대비하고자 731부대의 기밀자료를 거래했던 것이다. 미국 국무부 극동소위원회는 맥아더에게 '이시이 등 관계자를 전범으로 소추하지 않을 것이나 언질을 주지 말 것이며, 종래 방법대로 모든 정보를 하나 남김없이 입수하는 작업을 하라.'고 지시했다. 독일은 전범들이 사형당하거나 형을 살았지만 1960년 이후 투옥되거나 사형이 실행된 일본인은 단 한 명도 없다. 미국의 전범수사 기록은 공포되지 않았다. 이시이는 전후 생물학자로서 명성을 날렸고 도쿄대학 학장까지 역임했다.

기타노 중장은 46년 1월 상하이(上海)에서 귀국한 직후 심문을 받았으나 1년 후 소련 측에 의해 인체실험 사실이 부각되기까지 다른 간부들과 함께 진상을 숨겨왔다. 그러나 관련자들은 사실이 발각된 이후에도 인체실험과 관련된 자료를 미국 측에 제공하는 조건으로 면책돼 전범들을 심판한 도쿄재판에 기소되지 않았다.

일본 가나가와 대학의 스나이시 게이치 교수가 미국 국립문서보관소에서 발견한 2건의 기밀 해제 문서는 이러한 근거를 제공해 주고 있다. 이에 따르면 2차 세계대전 종전 2년 후 일본을 점령하고 있던 미군 주도 연합군이 731부대원들에게 생체실험 자료와 교환하는 조건으로 전범 재판의 기소를 면제해줬으며, 총 15만 ~20만 엔의 돈을 부대원들에게 준 것으로 드러났다.

이시이는 탄저균, 페스트 등에 대한 각종 인체실험 자료 800여 건과 약 8,000점의 슬라이드, 35종 이상의 보고서를 미국에 넘겨주었다. 이 자료들은 미국 생물무기연구의 본부격인 매릴랜드 주에 있는 디트릭 부대로 전해졌다. 디트릭 부대가 생물무기 관련 책임부대로 선정된 것은 제2차 세계대전 때였다. 1941년에 생물무기 프로그램을 시작한 미국은 다음 해에 생물전 프로그램을 전담할 부서를 신설했으며, 미 육군의 화학전 연구부대에 생물무기 연구개발을 의뢰하면서 무기개발을 시작하였다.

참으로 이해할 수 없는 것이 일본이 일으킨 태평양전쟁에서 우리 한국인은 전범자로 재판을 받았다는 것이다. 더군다나 제대로 된 재판절차 없이 일본 패전 후 B,C급 전범으로 몰려 사형이나 중형을 선고받았다. '일제강점하 강제동원피해 진상규명위원회(진상조사팀장 이세일 박사)에 따르면 "영국의 국가기록원에서 입수한 조선인 포로감시원 15명에 대한 '군 검찰관 기록'을 분석한 결과, 명확한 증거 없이 유죄판결이 내려졌다는 사실을 확인할 수 있었다."고 한다. 조선인 B,C급 전범 148명 중 23명이 사형선고를 받고 처형됐다는 것이다. 새삼 독일의 전범 처리 결과를 들춰낼 필요도 없이 약소국의 설움을 다시 한 번 되새기게 된다.

12. 6.25전쟁과의 상관관계

이시이가 가져간 실험 자료로 인해 5년 후 6.25전쟁에서 일시적으로 세균무기가 사용되었다는 주장이 제기되기도 했다. 녹십자는 731부대의 중추였던 육군군의학교 교관 나이토료이치(內藤良一)가 1951년 창업한 일본 혈액은행이 모체다. 1964년 녹십자로 개명하였으며 731부대 니키히데오(二木秀雄) 등 수많은 부대원이 핵심원으로 활약했다. 6.25때 731부대가 개발한 건조혈장 등의 기술을 미군에 제공, 엄청난 돈을 벌었다는 증거가 있다.

소련, 중국, 북한은 6.25전쟁 중에 미국이 황열을 전파하는 모기와 기타 전염성 병원체를 생물무기로 사용했다고 주장하였으나 미국은 실험용이지 실전용은 아니라고 주장하였다. 북한 통일신보는 2005년 9월 5일자에서 미국이 731부대 생체실험 자료를 얻으려고 이 부대원들에게 전범면제와 거액의 돈을 제공한 사실이 드러난 것과 관련, "침략과 약탈의 목적을 달성하기 위해 수단과 방법을 가리지 않는 것은 미국의 본성"이라고 비난했다. 북한 웹사이트 '우리 민족끼리'에 따르면 북한의 통일신보 2006년 8월 27일자는 "이것은 저들(미국)의 범죄적인 세계제패 야망에 이들(731부대원)을 적극 써먹기 위한 것"이라면서 "미국이 731부대 성원들로부터 얻어낸 생체실험 자료는 미국의 생화학무기 개발에 적극 이용됐으며 그 후 실전에 적용되었다."고 주장했다. 신문은 이어 "미국은 조선민족 학살을 위해 도처에 세균전, 화학전을 감행했다."면서 그 결과 '공화국 북반부의 여러 지역이 각종 생화학무기에 오염되었으며 수많은 사람이 페스트와 콜레라, 장티푸스에 걸려 죽음을 당하지 않으면 안 되었다."고 비난했다. 1970년에 우리나라는 북한이 생물전 준비를 위해 일본으로부터 탄저균, 콜레라균, 페스트균을 수입했다고 비난하기도 했다. 이 당시 북한은 남한을 침공하기 위해 전쟁준비를 하고 있는 중이었다.

또 구舊소련은 자체 생물무기 개발에 731부대 생체실험기술을 이용하기도 했다. 일본 교토통신 자료에 따르면 구소련은 중국 만저우(滿洲)에서 세균무기의 생체실험을 실시했던 일본군 731부대로부터 세균폭탄 제조기술 정보를 입수해 2차 대전 이후 본격적인 생물무기 개발에 이용했다고 한다. 1992년 미국으로 망명한 구소련 생물무기연구소 간부 켄 알리베크는 그의 저서에서 "구소련 국방부의 키로프 미생물연구소에 방대한 분량의 731부대 연구 자료가 보관되어 있었다."고 전했다. 한편 '켈로'라고 알려진 한국전쟁 무렵 정보수집과 북파공작 전문 첩보부대 'KLO' 대원 출신 이창건(李昌健)씨는 자신의 증언집《KLO의 한국전 비사》에서 세균전은 북한 측과 소련군 혹은 중공군이 벌였다고 증언했다. 그는 정보 수집을 위해 KLO 대원들은 함경도로 침투하기도 했다고 부언했다.

03 기타 관련 참고자료

1. 마루타 인육

19세 때 함북 함흥에서 '처녀공출'로 강제동원 돼 해방 때까지 5년 동안 중국 지린성(吉林省) 인근에서 위안부 생활을 강요당했던 황금주(黃錦周, 서울 강서구 등촌동) 씨의 증언 내용은 다음과 같다.

19살이 되던 1940년 음력 1월 16일, 각 마을마다 처녀 1명씩을 강제로 징발한 이른바 처녀공출로 인근 마을 다른 처녀 10여 명과 함께 열차와 트럭에 차례로 옮겨져 지명도 알 수 없는 만주 북쪽 일본군부대에서 위안부 생활을 강요당했다. 하루 평균 20~30명씩 상대하던 그가 인육을 먹는 일본군의 만행을 목격하게 된 것은 태평양 전쟁이 말기로 치닫던 해방 1년 전쯤이다.

"해방을 1년 정도 앞두고 군부대 지원이 뚝 끊기더라구요. 식량배급도 안되니까 위안부들뿐만 아니라 일본 군인들도 먹을 것을 구하느라 야단이었어요. 또 이상한 것은 이때부터 우리나라 처녀들도 더 이상 위안부로 끌려오지 않았다는 거예요. 아마 조선처녀들이 씨가 말랐기 때문이겠지요. 그런데 어느 날 위안소 바깥에서 고기 굽는 냄새가 진동을 하는 거예요. 위안소는 군부대 안에 있었어요. 워낙 배가 고파 나갔더니 군인들이 철판 비슷한데다 기름으로 고기를 구워먹고 있더라구요. 군인들에게 얻어터지기는 했지만 고기 몇 점을 얻어먹었어요. 며칠을 굶어서 그랬는지 사람고기가 그렇게 맛있는 줄 처음 알았어요. 나중에 일본 군인들이 수군대는 말을 듣고 내가 먹은 고기가 사람인 줄을 알았어요. 해방을 앞두고 군부대 보급이 거의 끊겨 일본 군인들도 거지와 다름이 없었는데, 어느 날 갑자기 자부에 싸인 고기들이 트럭에 실려오더라구요. 가뜩이나 먹을 것이 없어 아우성이었는데, 그 고기가 인육이었어요."라고 말했다. 황 씨는 처음에는 "사람고기가 어디서 실려 오는지 도대체 알 수가 없었어요. 그런데 해방이 되고 얼마 후 지린성을 거쳐 귀국을 하는 길에 731부대를 지나게 됐어요. 일본군에 끌려갔던 우리나라 남자들이 '저기(731부대)에서 사람들이 실험용으로 죽어갔는데, 그 고기를 일본군이 먹었다.'고 이구동성으로 말했어요."

2. 731부대 문화재 지정에 대해

"SINCE WARS BEGIN MINDS OF MEN, IT IS IN THE MINDS OF MEN THAT THE DEFENCE OF PEACE MUST BE CONSTRUCTED." – 전쟁은 인간의 마음속에서 비롯되므로 평화의 방벽도 세워야 할 곳도 인간의 마음속이다. 유네스코헌장 전문에 나오는 말이다.

유네스코는 국제 이해와 협력을 통해 항구적인 세계 평화를 건설하는 것을 목적으로 1945년 11월 16일 설립된 국제기구이다. 국제연합 교육 · 과학 · 문화기구 UNITED NATIONS EDUCATIONAL, SCIENTIFIC AND CULTURAL ORGANIZATION의 영문 머리글자를 따서 UNESCO라고 부른다. 상상할 수 없는 재난을 몰고 온 1,2차 세계 대전을 겪으면서 인류는 정치적 · 군사적 노력만으로는 평화를 보장할 수 없으며, 온 인류의 지적 고양과 상호 이해 증진이 평화의 참된 기초가 됨을 절실히 인식하게 되었다. 전쟁을 일으킨 직접 원인을 주로 정치 · 군사 · 경제적 이해관계의 충돌에서 찾아왔으나, 다른 국가나 민족의 문화와 가치에 대한 불신이나 편견 같은 지적 · 문화적 갈등이 평화를 해치는 더 위험한 요인이라고 여기게 된 것이다. 하얼빈의 731부대 박물관이 유네스코에 세계문화유산으로 지정되어야 하는 이유 또한 2차 대전의 만행을 거울삼아 같은 비극이 되풀이 되지 않고 평화와 화해의 정신으로 인류 평화를 도모해나가는 데 있다. 중국은 지난 2000년 하얼빈시에 위치한 일본 관동군 731부대 유적지에 평화공원과 박물관을 조성해 영구히 보존키로 결정하고, 2005년 4월 유네스코에 세계문화유산으로 신청했다. 신청 이유는 이렇다.

'폴란드의 아우슈비츠 수용소, 일본의 히로시마 평화박물관이 이미 유네스코 문화유산으로 등재되어 있어 전쟁 유적지의 세계유산 등재가 전례 없는 일이 아니다. 731부대는 다수의 사람에게 해를 끼치기 위해 인간이 상상할 수 있는 모든 종류의 실험을 했다. 그들은 저지를 수 있는 모든 잔혹 행위를 했으며, 이런 측면에서 세계 문화유산으로 지정되어야 한다.'

중국정부는 이 박물관에 731부대 본부 건물을 그대로 옮겨놓았고, 731부대의 잔학상을 보여주는 사진과 당시 실험에 쓰였던 집기류, 모형을 이용한 생체 실험 장면, 비디오 영상물도 함께 전시했다. 또 온도가 신체에 미치는 영향을 테스트하기 위해 수감자들을 고온과 저온에 노출시키는 실험을 했던 방을 그대로 재현해 놓았다. 박물관에는 731부대의 책임자인 이시이 시로와 다른 일본 관료들의 초상화도 있다. 731부대가 하루 빨리 문화유산으로 지정돼 원혼들의 넋을 위로해 주어야 할 것이다.

3. 손해배상

731관련 피해를 배상하라는 것은 일본의 전쟁 책임을 명확히 하고, 피해자들의 존엄성을 되찾기 위한 시도이며 젊은 세대가 역사의 교훈을 진지하게 사고하고 받아들여 미래를 향해 나아가도록 하기 위한 것이다. 일본은 국제사회의 책임 있는 국가로 배상 소송을 진지하고 성실하게 받아들여야 한다.

그러나 지금까지 일본은 도저히 묵과할 수 없는 치졸한 자세로 일관하고 있다. 그동안 일본에 전쟁배상 소송을 제기한 피해자는 아시아 각국 각 지역의 군 위안부와 그 밖의 성폭력 피해자, 731부대 세균전과 일본군이 버린 화학무기의 피해자, 강제로 끌려간 노동자와 무차별 폭격의 피해자 등이 있다.

대다수의 민간배상 소송은 불공평한 판결을 가져왔으며 겨우 몇몇 소송에서만 화해를 이루었다. 일본은 일본 민법에 근거하여 손해배상 청구권은 길어야 20년으로 이 기간을 넘으면 청구권은 자연히 소멸된다는 주장을 펴는 한편, '국가 면책권(國家無答責)'을 내세우고 있다. 즉 전시의 법률(메이지 헌법)에 국가의 배상에 관한 규정이 없다는 것이다. 일부 지방법원에서는 개별 소송이 승소하기도 했지만 대법원은 배상요구를 인정하지 않고 있다.

1990년대 들어 여러 민간단체들이 만들어져 전쟁 피해자의 배상소송을 지원하였다. 일본에서는 '중국 전쟁피해자 소송지지회' 등과 같이 전쟁 피해자의 소송을 지원하는 시민단체가 설립되었으며, 또한 변호사들로 구성된 변호인단이 만들어졌다. 731한국인 희생자 진상규명위원회 김창권 회장은 진상을 밝히기 위한 조사와 연구를 하여 자료를 모으고 있으며, 조만간 일본정부를 상대로 소송을 제기할 예정이다. 2002년 일본 법원은 중국 측 피해자들이 낸 소송에서 731부대의 행위 자체는 인정했지만 피해자들의 배상 요구는 기각하는 이중적 태도를 보였다. 2005년 4월에도 일본 고등법원은 2차 대전 범죄에 대한 배상은 국가 간 해결할 문제이지 개인이 요구할 수 있는 사항이 아니라는 이유로 소송을 기각했다. 1990년대 중반부터 세균전 소송을 도맡아 하고 있는 중국인 왕쉬안(王選) 여사는 '일본군 세균전 희생자 대일소송원고단'의 단장을 맡아 일본군이 중국 저장(浙江)성 등에서 자행한 세균전 피해자들과 함께 일본 정부를 상대로 법정 싸움을 벌이고 있다. 하얼빈시 사회과학원 731연구소와 한국인희생자진상규명위원회에서는 희생자 유족들을 찾고 있다. 중국뿐 아니라 한국, 소련, 몽골, 필리핀 등 모든 나라 피해자 유족들이 모여 일본 정부를 상대로 다국적 소송을 제기해야 한다.

일본은 매년 8월 15일 패전(종전) 기념일만 되면 2차 대전의 비극을 알리는 다양한 행사를 원폭이 투하된 히로시마를 중심으로 연다. 행사의 초점은 원폭피해의 참상과 평화의 소중함을 일깨우는 것이지만 일본의 피해의식을 고조시키려는 의도도 담았다. 가해자로서의 흔적은 가급적 말끔히 지우되 피해자로서의 자취는 최대한 키운다는 의도이다. 역사적 가해자가 피해자로 둔갑하는 가면무도회를 열고 있는 것이다. 아베 총리, 고이즈미 총리 등 역대 일본 통치자들은 대부분 '식민통치 기간에 끼친 다대한 손해와 고통에 대해 통절한 반성과 마음으로부터의 사죄'를 표시했디. 그리나 야스쿠니신사 참배와 배상 문제 등을 두고 보면 말로만 사과한 것 같다. 그들은 오랜 역사 동안 한국인에 대해 행한 헤아릴 수 없는 살해, 납치 등 잔혹행위에는 배상이 없었다. 남한에 대해서는 1965년 미국의 압력으로 마지못해 했던 한일국교정상화 회담 때 제공한 무상원조 3억 달러와 유상차관 5억 달러가 고작이었다. 즉, 직접적 희생자에게는 한 마디의 사과가 없었을 뿐 아니라, 단 한 푼의 보상도 내놓지 않았다.

독일은 1979년 특별법으로 나치 범법행위에 대해 시효소멸에 의한 어떤 책임 면제도 불가능하게 만들었다. 독일정부는 2030년까지 총 1천 200억 마르크(약 10조 엔)를 배상금, 보상금, 연금의 형태로 지불할 계획이다. 이 같은 독일의 행동은 피해국들에게 화해와 신뢰를 준다. 진정한 사과는 용서를 낳고 용서는 곧 화해의 전제조건이다.

4. 731부대 중국전시관

중국 북부 헤이룽장(黑龍江) 성 하얼빈(哈爾濱) 시내에서 남쪽으로 20km쯤 떨어진 핑팡지구 신장(新疆)대로 21호. 상가와 아파트가 섞여 있는 지역에 〈731부대 전시관〉이 자리 잡고 있다.

정식 이름은 〈침화일군(侵華日軍) 731부대 죄증(罪證) 전시관〉으로 지상 2층, 지하 1층 규모의 붉은색 벽돌 건물이다. 이 전시관에는 2차 대전 당시 일본 군국

731부대 관련유물을 관람하는 관람객

731부대 관련유물을 설명하고
있는 김창권회장

주의가 만주에서 비밀리에 자행한 생체실험의 전모가 생생하게 보존되어 있다.
731 전시관은 2차 대전 당시 부대의 본청으로 사용된 건물이다. 현재 14개 전시
실로 개조해 수천 점의 관련 자료와 일본군이 자해했던 주요 생체실험 과정을 모
형으로 재현해 놓았다.

5. 731부대 한국박물관

김창권 회장이 강원도 속초시에 731부대 박물관을 설립하여 운영하고 있다.
박물관에는 731자료 및 유물 박물관 2관, 상영관(연극무대) 1관, 민족사 강의실 1

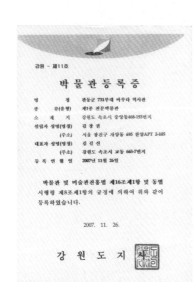

박물관등록증

관, 근세사 사진 자료실 1관, 사무국 등이 있다. 또 2층에 카페테리아가 있어 관람객들의 편의를 돕고 있으며 731관련 사진첩이나 책, 비디오, CD 등을 구입할 수 있다. 박물관은 본래의 기능과 더불어 민족사를 재미있게 배울 수 있는 민족사강좌도 마련되어 있으며, 건물 유휴지에 각종 관상수 및 마루타 유혼이 담긴 꽃들을 볼 수 있도록 '숲속테마'가 조성될 예정이다. 또한 '마루타부대위치 표적던지기' 등 재미있는 이벤트에도 참여할 수 있으며 마루타 관련 유물을 구입할 수 있다.

04 맺는 말

진상조사보고서는 일제 암흑기를 거치면서 오늘에 이르기까지 사건의 진실을 밝혀내고자 했던 김창권 회장과 여러 관계자들의 노력이 반영된 결과물이다. 그러나 보고서의 가시적 성과에도 불구하고, 731부대의 진상에 대한 규명은 아직 시작에 불과할 뿐이다. 그 이유는 가해자 일본이 사건 자체를 은폐하려 하고 있기 때문이다. 이뿐 아니라 구소련, 미국 등의 역할 또한 밝혀내야 할 부분들이 많다. 731 관련 자료를 넘겨받은 대가로 미국이 무엇을 어떻게 했으며, 소련이 감추고 있는 자료에는 어떤 내용들이 들어 있는가를 조사해 보아야 한다.

조사보고서는 여러 가지로 미비하다. 다시는 이런 일이 일어나지 않도록 하기 위하여 어떤 국제 정치적, 사회적 처방을 내려야 하는지도 연구되어야 하며, 배상문제에 대한 보다 포괄적이고 심층적 접근은 물론이고 중국, 일본, 미국, 구소련, 몽골, 필리핀 등 관련국과의 공동연구도 필요하다. 또 체계적이고 학술적인 연구요원의 지속적인 연구를 위한 지원 제도가 마련되어야 한다.

유족들은 보다 많은 관심을 가지고 적극적인 호소와 참여로 당당한 주체로 진상규명과 배상에 앞장서야 한다. 각 피해국의 유족회를 활성화시키고 공동대응 전략을 마련해 나가야 하며 우리 정부나 국회에 대해 진상규명특별법 제정을 요구해야 한다. 무엇보다도 유족들은 상호배려와 이해를 통해 일치단결을 해야 한다. 또 진상규명위원회는 독일 등 타국의 사례나 선진적 명예회복 사례를 연구하고 이를 도입, 적용하기 위한 구체적인노력을 전개해야 할 것이다.

앞으로 연구 단위에서는 문헌기록 외에도 구술, 증언, 유물, 유적 등 다양한 자료들의 집적과 정리에 더 많은 역량 투여가 있어야 한다. 그래서 모든 인물들에 대한 전수조사(全數調査)와 구술 채록 및 자료관(ACHIVES)을 구축해야 한다. 그동안 축적된 연구 자료의 데이터베이스화, 이를 디지털화한 후 웹 서비스를 하는 등, 연구 성과의 대중화와 이를 통한 연구역량의 연계도 모색되어야 한다.

진상규명은 지속적으로, 전국적으로, 국제적 차원에서 전개되어야 하며, 이들과의 연대와 전진은 인권과 평화에 대한 인간의 태도와 가치를 변화시키는 데 중요한 지렛대의 구실을 할 것이다. 731부대 진상규명은 현재진행형이며 미래지향적 활동으로서의 위상을 갖는다. 엄숙한 마음으로 박물관을 건립하여 희생자들을 위령하는 일뿐만 아니라 이를 후세에 알려 다시는 이와 같은 불행한 일의 반복적 발생을 막고 생명의 존엄성과 인간의 권리를 신장하는 새로운 움직임으로 나아가야 한다.

■ 참고자료 및 증언

1. 니혼게이자이신문

2. 아사히신문

3. 교토통신

4. ROVERT HALERY, BIOTERRORISM: SUMMARY OF ISSUES AND
   ECOMMENDATIONS. IN PUBLIC FORUM ON BIOTERRORISM
   HISTORY BY SOUTHWESTERN MEDICAL FOUNDATION.
   2001, OCT, 23

5. 중국침략 일본군 죄증(罪證) 진열관 연구실 김성민

6. 북한 국적의 조선인위안부 박영심 할머니의 증언

7. 731부대원 와다나베 씨의 증언

8. 일본 제86부대 헌병이었던 일본인 미오 유타카(三尾豊)의 증언

9. 위안부 생활을 강요당했던 황금주(黃錦周)의 증언

10. 하얼빈시 사회과학원 731연구소 자료

11. 김창권 회장 소장 731관련자료

1. 「요코 이야기」 줄거리

제2차 세계 대전 막바지 11살의 일본인 소녀 요코 가와시마는 그녀의 어머니와 자매들과 함께 그들이 살던 함경북도 나남(현재 청진시)에서 일본으로 무사귀환하기 위한 여행을 떠나야 했다.

조선 북쪽의 나남이라는 도시에서 살고 있던 요코 가와시마는 일본이 2차 세계대전에서 패전하자, 식민지인 조선에서 고국인 일본으로 돌아가야 하는 피난민이 되었다. 역시 피난민이 되어 일본군과 한국인 양쪽을 피해 다니고 있던 그녀의 오빠 히데요는 군수공장에 고용되어 있었기 때문에, 그녀의 가족과 헤어지게 된다.

그녀의 가족이 서울, 부산을 거쳐 페리를 타고 일본으로 귀환할 때까지 무시무시한 위협과 어려운 난관이 그들을 기다리고 있었다.

요코와 그녀의 언니 코, 그리고 그녀의 어머니가 후쿠오카에 도착하자, 그들은 그녀의 어머니가 자랐던 교토까지 여행하게 된다. 교토에 도착한 뒤 어머니는 조부모가 있는 아오모리를 향해 도움을 요청하러 떠났지만 교토로 돌아온 어머니는 요코에게 조부모와 외조부모가 이미 폭격으로 죽었다는 절망적인 소식을 요코에게 전하고는 곧 숨을 거둔다. 몇 달 후, 요코와 코, 히데요는 마이즈루에서 모두 다시 만나게 된다. 히데요는 그가 어떻게 북조선에서 탈출하여 일본까지 올 수 있었는지를 이야기해 준다.

이 책의 주인공이자 실제 인물인 요코는 어린나이에 뜻하지 않은 전쟁을 경험하게 된다. 소설은 생명의 위협, 굶주림, 공포와 충격으로 미쳐버리는 사람들, 인권의 짓밟힘, 허물어지는 윤리의식을 말한다. 그러나 요코 가족은 자기들에게 닥쳐 온 이 모든 고난을 놀랄만한 인내로 이겨낸다. 그리고 나직한 목소리로 들려준다. 어떤 어려운 상황에서도 우리가 잊지 말아야 할 가치는 생명의 존엄함과 사랑, 타인을 이해하려는 태도이다.

이 책의 저자는 요코 가와시마 윗킨스라는 일본계 미국인으로 이 책이 나오자 그녀는 '동양의 안네 프랑크, 일본계 미국인, 기모노 입은 천사'로 찬사를 받았으며, 《요코 이야기》는 1986년 미국 영문학 교사 위원회에서 교사가 선정한 가장 좋은 책으로 선정되었고, 그 해 뉴욕타임즈에서 올해의 책으로 선정되기도 하였으며, 1999년 보스턴 퍼블릭에서 라이브러리 추천 도서로 선정되었으며 미국 교과과정의 필독서로 선정되었다.

2. 요코 이야기의 의혹

오래 전에 출판되어 유명한 책이 되었던 '요코 이야기'가 다시 이목을 집중하게 된 것은 미국에 사는 한 한인 여학생의 등교 거부로 인해 다시 주목을 받게 되었다.

이 책을 읽다보면 2차 대전을 일으켜 수많은 한국인, 중국인 등 수많은 사람들에게 참혹한 일을 저지른 일본의 잔학상은 가리어지고 압박 받는 전후 일본인에 대한 동정심만 불러일으키고, 오히려 한국인이 일본인을 학살하고 괴롭히는 모습으로 비쳐졌다. 이런 사실은 그 동안 전범국 일본이 저지른 잔혹상과 죄상이 갑자기 희석되는 결과를 초래하였다. 그래서 많은 한국인들에게 공분을 자아내게 되었으며 여러 단체 및 사람들이 이 책을 내용에 대하여 검증을 하게 되었다.

이 책의 내용에 의혹을 제기하는 측에서는 만주와는 달리, 일본 군경의 무장해제가 광복 이후에도 미군 진주까지 수 주간 이루어지지 않아 한반도의 치안을 일본이 유지하고 있었던 점과, 저자가 생활했다는 이북의 힘흥 일대는 대나무 숲이 존재하지 않는다는 점, 전쟁에 반대했다는 그녀의 아버지 요시오 가와시마가 만주철도회사에 근무한 것이 아닌 시베리아에서 731 부대의 간부였으며 전범 혐의로 6년간 복역했다는 의혹이 있는 점 등을 들어, 이 책의 진실성에 의구심을 표시하고 있다.

《요코 이야기》에서 언급됐던 연합군의 북한지역 공격은 7월 중순과 8월 초순 미 공군의 청진제철소 등 산업시설 공습, 8월 8일 소련군의 두만강유역 토리의 경찰주재소 공격, 일본군 제19사단 사령부가 있던 군사도시 나진에 대한 소련공군의 공습, 8월 13일 소련군의 나진과 청진항 상륙작전 등 사실로 확인되고 있으며 대나무 역시 아오모리 지방에 자생하고 있는 조릿대로 여겨지고 있다.

한편 《요코 이야기》에서 논란이 되고 있는 조선인에 의한 일본인 학살(p165~p166) 및 강간(p144~p145, p153~154) 피해 부분에 대해 일본의 일부 학계와 우익 세력은 미군이 치안을 담당하지 않았던 38도선 이북의 한반도와 만주, 시베리아 지역의 일본인들이 38도선 이남으로 피난해 내려오는 과정에서 피해를 당했지만, 정확한 피해 수치는 확인할 수 없으며, 북위 38도선 이남에서도 미군이 진주하기 전까지는 일부 일본인들이 한국인들에게 피해를 입었다고 주장하고 있다.

이러한 역사적 의혹에 대한 한국 측의 격렬한 반응에 대해 저자는 한국을 나쁘게 말하려는 의도가 없었다고 말하고 당시에 본 그대로를 글로 썼을 뿐이라고 해명하면서 한국 언론이 제기한 의혹을 부인했다.

3. 「요코 이야기」 추적조사

731부대진상규명위원회 김창권 회장은 《요코 이야기》가 화제가 되고 요코의 아버지가 731부대 고위직에 있던 인사라는 것과 소설의 전개 과정에 여러 가지 역사 왜곡으로 일본은 물론 미국에서도 반한 감정이 심화되는 상황을 지켜보면서 그 진상을 조사하기로 하였다.

1) 전 731부대장 이시이 시로(石井四郎)와의 연관성 조사
먼저 이시이 시로의 근무지인 일본 육군병원 근처에 살던 주택을 방문하여 탐문하였다. 바로 이시이가 일본으로 귀환 후 거주하던 집으로 현재 맨션으로 개축

되어 있었다. 번지는 신쥬쿠 와카마스가 22-30번지였다. 아직도 동 201호에는 이시이 이름의 인척이 살고 있었다. 아직도 이시이는 군신(軍神)으로 추앙받고 있어 이름을 감추거나 개명 등의 필요성을 느끼지 않고 있는 것 같았다. 동 주택의 등기부등본을 발급받으려 했으나 유명인사라는 이유로 법률적 부담을 느끼는 바 고액의 비용을 지불하였다.

그 뒤 이시이 시로의 무덤이 있는 근처 월계사를 방문하였으나 무덤으로 진입을 거절하여 부득이 몰래 월경하여 무덤을 확인한 바 이시이가 부인 청자와 함께 조촐하게 개축된 가족묘지에 안장되어 있었다. 비식을 확인히니 이시이는 소화 34년 10월 9일 67세에 사망하였고, 소화 46년 11월 23일에 이시이의 35세 차남이 사망하고, 소화 55년 이시이의 처 청자는 75세로 사망하였으며, 3남 성일은 61세에 사망한 것으로 기록되었다. 본 가족묘는 소화 48년 11월 이시이의 처 청자와 3남 이시이 성일에 의해 당초 목조이던 묘가 방화로 불에 타버린 후 개축 건립되었다. 또한 석정 하루미 및 석정지자, 석정화자의 명복을 비는 축원 팻말을 확인할 수 있었다. 추가로 이시이의 가족관계를 조사의뢰하였으나 많은 부담을 느껴 다소간의 시간이 소요될 것으로 판단되었다. 하지만 요코 가와시마가 호적을 변조하거나 박영민씨가 의혹을 제기하는 이시이와의 재혼 등은 연대를 추정한바 무리일 것 같고 연관성을 발견할 수 없었다.

2) 요시오 가와시마의 조사

일본에서 시베리아 억류자 단체를 통하여 후생성에 비공식적으로 1950년대의 귀환자를 확인하고 있으나 근 50만 명 이상으로 많은 시간을 필요로 하며, 러시아 또는 전국의 각 수용소에서 요시오 가와시마의 노동확인 기록을 추적하였다. 중국 또는 요녕성 문서보관소에서도 기록을 확인하였다. 하지만 일본에서 확인 조사의 경우 다수의 만철 등 민간인들도 러시아가 노동력 확보를 위해 시베리아로 강제 이송한 사실을 확인하였고 만철귀환자 친목단체도 결성되어 있으나 요시오 가와시마를 아는 사람은 발견할 수 없었고, 단체가 확보하고 있는 귀환자 명단에서도 발견할 수 없었다.

3) 요시오 가와시마 확인

먼저 일본 시베리아 억류자 단체 및 기타 만철 관계자의 협조를 얻어 약 24만 명의 1940년 남만주 철도 주식회사의 직원록을 입수하게 되었다. 이를 근거로 일본에서 약 20시간 정도 직접 대조 조사 확인한 바 2007년 3월 10일 새벽 5시에 드디어 요시오 가와시마를 발견하였다.

그 결과 요시오 가오시마는 만철의 고위간부나 정식 직원이 아닌 고원으로 목단강철도 건설사무소의 하위직 고원으로 근무하였음이 판명되었다. 당시 일반역의 역장이나 조역도 아닌 역무원 수준의 하위직인 고원이었다. 목단강 철도건설 사무소의 조직은 소장을 과장급인 참사 1명, 부소장 참사 1명, 서무장 부참사 1명, 경리장 부참사 1명, 차무장 부참사 1명, 제2선로장 부참사 1명, 건축장 부참사 1명, 전기장 부참사 1명, 합계 간부 9명으로 구성되었고, 직원 128명 고원 90명 용원 183명이 목단강 건설사무소에 근무하였으며, 기타 기술직 별로 산하에 1,000명의 직원 고원 용원들로 구성되었다.

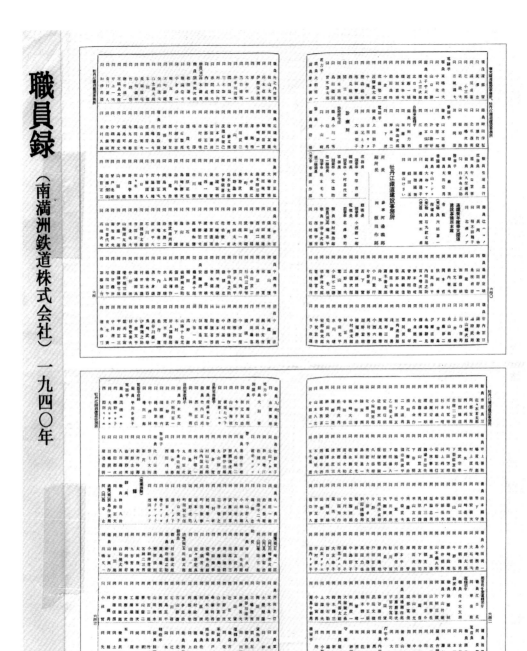

職員録（南満洲鉄道株式会社）一九四〇年

요시오 가와시마의 기록을 확인한 「남만주철도주식회사」 직원록 일부

4) 요시오 가와시마에 대한 확인의 의미

요시오 가와시마를 모종의 임무를 가지고 만주에 파견된 정부의 관리로 보기에는 정식직원이 아닌 하위직인 고원으로는 무리가 있다. 또한 동경대를 졸업하고 옥스퍼드에 유학까지 하고 조선총독을 면담하고 외교관 운운 등은 저자 요코 가와시마가 미국에서 주위를 의식하여 자신의 가문에 대한 신분을 높이기 위해 다소 과장한 의도가 있다고 판단하였다.

따라서 요코 가와시마가 소설의 내용에 은연 중 부친의 지위와 인격을 높이기 위한 과장된 표현과 하위직인 부친의 신분을 공개하기가 부담스런 부분이 더욱 한국인의 입장에서 역사 왜곡의 개연성으로 큰 의혹을 만들어 낸 것으로 판단하였다.

또한 요시오 가와시마가 동경대를 졸업하고 옥스퍼드에 유학하고 1933년에 만철에 입사하여 경제조사부도 아닌 목단강 철도건설사무소에서 7년이 지났지만 단순히 고원으로 근무하면서도 풍족한 가정생활을 하는 것에는 부정한 방법으로 치부하여 생활을 유지하거나 아니면 한국인의 입장에서는 일본인일 경우 단순히 목단강 철도건설사무소의 일개 고원임에도 자식들을 과외공부도 시키고 일본인으로 풍족한 삶을 살았던 것에 대해 당시 억압받고 처절하고 비참한 고통의 역사를 안고 있는 우리의 시각에서는 비판과 의문을 가지는 것은 당연하다고 판단된다.

따라서 이러한 의혹에 대해 진상을 규명하여 미국이나 어린 학생들에게 왜곡되게 느낄 수 있는 사실을 바로잡아 역사를 재인식시키고 피해자의 입장에서나 객관적 시각에서 소설의 표현을 바로잡아 홍보할 필요가 있다고 생각한다.

5) 요코 이야기에 대한 의혹

먼저 저자 요코가 기억하는 날짜는 7월 29일이 아닌 소련의 선전포고 이후이다. 히데오가 보았다는 그들을 많이 도와주며 죽었다는 김씨 부부에 대해 그렇게 착한 사람을 죽이다니 등의 연민의 정을 표현한 부분에 대하여 김씨 부부 스스로 일본의 패망과 함께 본인들의 악행에 대한 보복이 두려워 자살하거나, 소련의 침공으로 전투 중에 희생되었는지 확인이 안 되는 상황에 무조건 우리 조선인이 그들을 살해한 것으로 간주하여 무고한 사람의 죽음에 대한 한국인에 대한 비난을 미국인이나 어린 독자에게 야기 시킨 것은 큰 오류이며 당연히 교재 채택 금지의 사유가 될 것이다.

또한 우리 조선 땅에서 발생한 소련의 침공에 따라 일본과 소련이 전투 중에 많은 사상자가 발생하고 오히려 소련군의 비행기 기총소사에 같은 소련 항일 연군 소속 88연대 부대원 조선인들이 희생된 것이다. 따라서 그들이 본 많은 시체들은 일본 병사의 시체들이거나 일본군과 전투에서 희생된 소련군 소속 조선인 병사들일 것이다.

또 소설에서 요코가 본 사실이라며 표현한 강간 등의 묘사는 당시 일본인들의 경우 일부 731부대 가족의 피난의 경우 지레 겁을 먹고 열차 안에서 청산가리를 먹거나 스스로 자결한 사람들이 있을 정도로 과잉 반응이 있었다.

따라서 본인의 판단은 요코 가와시마가 본 소설의 표현을 부친에 대한 과장된 묘사와 같이 피해부분도 과장된 표현을 하여 독자의 흥미를 유발하려는 의도가 있지 않았나 판단된다.

결론적으로 요코 가와시마가 평화를 수호하는 거룩한 성녀인 양하며 은연중에 허위와 과장된 표현으로 한국인에 대한 비난과 모독의 표현은 자신의 위선이라고 판단된다.

6) 「요코 이야기」논란에 대하여

한 주요 신문의 시평에서 요코 이야기에 관하여 소설이 반전 메시지를 강조하기 위한 이야기일 뿐인데 우리가 민족주의적 이데올로기가 앞서 과민 반응하는 것이고, 또 같은 일간지 문화부 기자는 단지 전쟁의 참혹함을 묘사하는 소설을 우리가 너무 비난해서는 안 되지만, 단지 일본을 피해자로 착각할 수 있는 이 책을 미국에서 중학교 교재로 사용되는 것은 무리가 있다는 주장이다.

물론 일부 전후세대의 시각에 공감하는 부분도 있고, 세계 시민으로 발돋움하는 시대에 과거에 얽매이는 민족주의이념에서 벗어나야 한다는 주장도 있다. 하지만 역사를 각인하여 기억하지 않는 민족은 그 역사의 오류를 반복할 수 있다. 역사는 과거에 대한 기억을 오늘의 우리에게 그 흔적을 보여주면서 끊임없는 반성을 요구하고, 미래를 위한 지혜와 철학을 제공해 준다는 것을 인식해야 한다.

유럽사회는 나치 독일에 의해 자행된 유태인 학살에 대한 흔적을 모두 기억하며 이 기억은 단순히 피해자만의 아픔으로 망각하지 않고 오늘날의 유럽 구성원들에게 성찰의 과제이자 철학의 근거로 살아있다. 그러나 다른 지구상의 한편에서는 가해자인 일본의 전후세대들이 역사를 부정하고 의도적인 망각을 시도하고 있다. 더구나 역사의 피해자인 우리의 일부 전후세대 또한 일본이 저지른 과거의 만행에 대하여 이제 과거를 덮고 먼저 세계화로 함께 나아가야 한다는 시각이 있는 것이다. 전쟁의 아픔만 기억하여 평화를 지향하면 되는 것이지 과거에 얽매여 피해자적인 입장을 되새기는 것은 민족주의 이데올로기라며 비판적 인식을 가지고 시평을 게재한 것이다.

이는 전후 일본의 집권층이 사과를 한번만 하면 되는 것이고, 이제는 과거의 역사를 청산하고 서로 공존의 길로 가야 한다며, 참담한 피해자인 우리에게 비판적 시각을 보내고 있는 것과 같이 이를 명분으로 다시 군국주의의 부활의 길로 차츰 접어들고 있는 오늘날 전후세대가 주도하는 일본의 집권층이 가지는 시각과 동일하게 보아진다.

요즘 일본에는 일본 패망시 끝까지 천황에 충성하다 포로가 되어 시베리아에서 수형 생활하다 전쟁의 환영에 속았다는 것을 깨닫게 되어 귀환한 뒤 일본을 위한 진정한 애국의 진실을 후세들에게 알리고자 노력하는 애국적인 노인들과 공감하는 일부 젊은 층들이 있다.

이 일본 애국자들은 피해자들의 국가에 수없이 사죄하며 일본의 후세들에게 가해자의 만행을 영원히 잊지 않고 과거를 반성하며 용서를 구하는 것이 미래 일본의 평화와 번영을 위한 참된 교육이며 의무라 하는 것이다. 대다수의 기성 일본인들은 이들을 노망 들린 사람들이라며 빨리 없어져야 한다고 하지만 그들은 일본의 미래를 위해 그들이 저지른 만행을 밝히는 데 두려워하지 않고 사죄를 하며 묵묵히 애국을 실천해나가는 것이다.

우리는 무엇이 진정한 애국인지 무엇이 우리 후세를 위한 교육의 성찰인지 이러한 일본의 애국 노인들의 시각과 비교해 볼 필요가 있다.

우리의 일부 전후세대의 주장은 과거 일본이 저지른 처절한 만행의 흔적에 대해 너무 관대하고 역사의 교과서를 덮어버리려는 것이 아닌지 심히 우려스럽다. 이것은 과거를 부정하고 왜곡하고자 하는 가해자들에게 역사적 알리바이를 제공하는 공범이 될 수 있으며 우리의 후세들에게 과거 일본의 참혹한 만행을 소설의 한 장면으로 희석시켜 수많은 우리 선조의 비참한 희생을 망각 시키게 할 수도 있는 것이다.

따라서 우리는 미래의 과제로 과거의 참혹한 기억을 복원하여 처절한 아픔의 증거를 오늘날의 우리에 대한 역사적 경종과 교육의 장으로 삼아야 하는 것이다!
따라서 요코 이야기의 영문판과 같이 진실이 왜곡되어 일본인이 피해자가 되고 동정심을 불러 일으켜 세계인에게 반한 감정을 심화시키고 역사적 사실을 오도시킬 경우, 왜곡된 의혹이 있는 부분에 대해서는 철저하게 역사적 진상을 규명하려고 노력 하는 것이 우리 민족의 참된 평화와 번영을 위한 길이며 세계화로 발돋움 할 수 있는 애국적 노력의 참된 교훈이 될 수 있다고 판단한다.

일본 731부대의 만행을 노래로 전 세계에 순회 합창공연하며 과거 일본의 죄상을 사죄하고 평화를 지키는 일본 애국자 모임의 대표이며 악마의 포식이라는 일본 731부대 폭로 소설의 작가 모리무라 세이치 씨와 함께 한국 일본 731부대 조선인 희생자 진상규명위원장으로(서울 양재동 교육문화 회관 공연시)

하얼빈 사회과학원 주최 학술토론회에 일본731부대조선인희생자진상규명위원회 위원장으로

중국 하얼빈 평방구 일본 731부대 보일러 시설 및 사체 소각로 현장답사 사진
하얼빈 731 최증진열관 관장 김성민과 함께

중국 하얼빈731 부대 마루타 독가스실험실 유적 현장답사
김성민 관장과 함께 – 러시아여성과 아이도 함께 독가스실에서 살해되었음

하얼빈 731부대 내 쥐 사육장 현장답사

일본 국제병원 개축공사 당시 발굴된 수많은 마루타 생체실험 희생자 유골들을 수거하여 안치한 국제병원 한구
석에 설치된 보관시설의 추모비 앞에서 신쥬쿠 구의원 및 일본 ABC학회 미시마 상과 함께

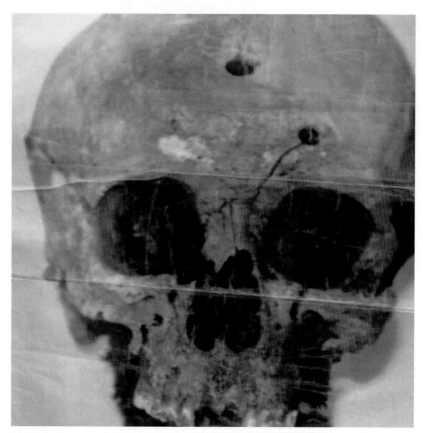

일본 동경 신쥬쿠 일본 육군병원을 국제병원으로 개축공사시 발군된 마루타 유골.
 – 일본군의 생체실험은 중국 하얼빈뿐만 아니라 일본 동경에서도 행해졌고 심지어 일본군의 학교와 연
   결된 비밀통로에서 수많은 항일 운동가들을 생체실험용으로 살육한 증거 사진임

본 신쥬쿠에 있는 일본 731부대 창설자인 이시이 시로의 무덤이 있는 월계사 입구에서
신쥬쿠 구의원 및 ABC학회 미시마 상과 함께

강원도 속초시 일본 731부대 조선인 마루타 역사관 전경

1층 내부 731부대 유물 전시실

1층내부 일본 731부대 마루타 생체 실험 희생자 항일운동가 이기수 열사외 5인의 추모관

강원도 속초조선인마루타박물관 2층, 일제 만행 사진 전시한 복도

박물관에 전시된 731부대에서 사용되었던 각종 의료도구

731부대원들이 사용했던 의류 및 도구

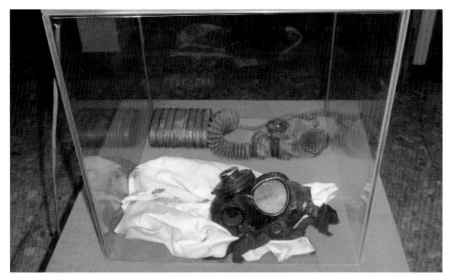

731부대원들이 사용했던 방독면과 해부복

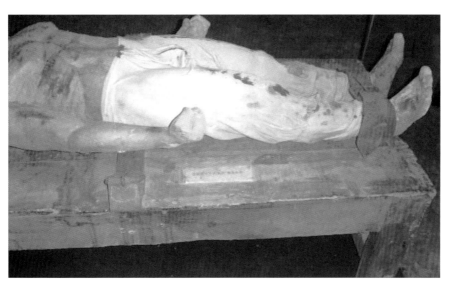

마루타 고문용 형틀

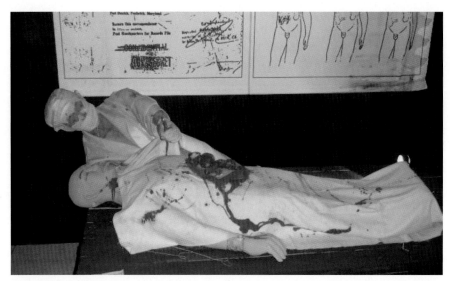

해부용 형틀에서 마루타 생체장기해부 모형